面对世界举杯

陈力娇 著

与文学名家对话　主编 高长梅 王培静　● 中国当代获奖作家作品联展

花山文艺出版社

图书在版编目(CIP)数据

面对世界举杯/陈力娇著.—石家庄:花山文艺出版社,2013.7(2021.6 重印)

(与文学名家对话:中国当代获奖作家作品联展/高长梅,王培静主编)

ISBN 978-7-5511-1693-0

Ⅰ.①面… Ⅱ.①陈… Ⅲ.①小小说-小说集-中国-当代②散文集-中国-当代 Ⅳ.①I217.2

中国版本图书馆 CIP 数据核字(2013)第 292212 号

丛 书 名：	与文学名家对话:中国当代获奖作家作品联展
主 编：	高长梅　王培静
书 名：	**面对世界举杯**
作 者：	陈力娇
策 划：	张采鑫
责任编辑：	郝卫国
责任校对：	齐　欣
特约编辑：	李文生
全案设计：	北京九洲鼎图书有限公司
出版发行：	花山文艺出版社(邮政编码:050061)
	(河北省石家庄市友谊北大街 330 号)
销售热线：	0311-88643221
传　真：	0311-88643234
印 刷：	永清县晔盛亚胶印有限公司
经 销：	新华书店
开 本：	710×1000　1/16
字 数：	105 千字
印 张：	8.5
版 次：	2013 年 7 月第 1 版
	2021 年 6 月第 2 次印刷
书 号：	ISBN 978-7-5511-1693-0
定 价：	32.00 元

(版权所有　翻印必究·印装有误　负责调换)

目录

第一辑　使者

吴黑米的手 …………………………… 002

冰释 …………………………………… 004

使者 …………………………………… 007

阳台里的绳子 ………………………… 010

聪明的斡旋 …………………………… 013

精神 …………………………………… 016

教母七喜 ……………………………… 019

CONTENTS

第二辑　　思念

明星的毁灭 ———————————— 038

更正 ———————————————— 041

勿忘守正 ————————————— 043

洗澡 ———————————————— 046

少年 ———————————————— 049

思念 ———————————————— 052

非常邻里 ————————————— 055

第三辑　　大爱

大爱	074
两根电线杆	077
车衣服	080
猎犬黑豹	083
阿宠的春天	086
回家	089
胜利	092
烛光	095
重任	098

第四辑　　生命的灯

情灿如花 …………………………………… 102

面对世界举杯 …………………………… 105

生命的灯 ………………………………… 107

心中的盛宴 ……………………………… 110

需要 ……………………………………… 113

身边的拿破仑 …………………………… 115

花皮球 …………………………………… 117

蓝色屋顶 ………………………………… 120

你知不知道该对谁感恩 ………………… 123

第 一 辑 **使者**

面对世界举杯

吴黑米的手

吴黑米站在汽车修配厂的门口很久了,他想到这里来修车。吴黑米小的时候看过父亲修车,现在父亲走了,就剩下他和母亲了,他就想到这里修车。

吴黑米修车实在是迫于母亲的疾病。他还是个高中学生,但母亲的化疗一日比一日费钱,他就不想再念书了,他想出来挣钱。

汽车修配厂的老板见吴黑米总是在门前转悠,就出来问吴黑米:"你想干什么?抢劫呀?"吴黑米说:"我不想抢劫,我想在你这儿打工挣钱。"老板看看吴黑米的穿戴说:"你穿得这么好,还用出来挣钱,你怕是不愿念书了吧?"吴黑米说:"我妈快死了,我想挣些钱,让她吃得好一点儿。"老板说:"那你只能修车,我这里没别的活儿。"吴黑米说:"我就会修车,不会干别的。"

他们就这样谈定了。吴黑米很开心。

吴黑米晚上回家,见母亲躺在床上。母亲的身体已经像一盏熬干了油的灯,十分虚弱。她每日必须去医院化疗,但是每天都坚持自己走回来。

吴黑米说:"妈,以后坐车去医院吧,我找了一份工作,怎么也够你打车的了。"母亲一惊说:"你不念书了?你不念书妈可就没什么指望了,你说什么也不能辍学呀。"母亲说着,一阵咳嗽,咳出一口血,吐在雪白的餐巾纸上。

吴黑米忙去扶母亲。他知道他说多了,他知道出去打工的事不该让母亲知道。扶母亲重新躺在床上后,吴黑米说:"我只是说说想法,我能随便放弃学业吗!妈指望我什么我难道不知道吗?"

母亲听了他的话,满足地闭上眼睛,她的呼吸终于平稳了。吴黑米看到,母亲的眼里滚出两行清泪。

第二天吴黑米和母亲告别,背着书包上学去了。他还没走出他家楼区200米,就转方向去了汽车修配厂。他要开始一天修车的劳作了。

吴黑米对修车很有天赋,几乎不用人指点。老板很赏识他,决定提前支付他半个月的工资。吴黑米盘算,这钱够他母亲做3天化疗了,尽管少了点儿,吴黑米还是觉得挺值,至少能帮母亲减轻3天的痛苦,或者说延长3天的生命。

晚上放学的时候,吴黑米对老板说:"我该回家了,不然我妈该看出来了。"老板应允。

可是,尽管吴黑米小心地把手洗了无数次,母亲还是看了出来。母亲拉着他的手,左看右看,看了手心看手背,最后她从吴黑米的指甲缝里看出了破绽。

母亲说:"儿呀,你还是瞒着妈去干活了,你看你的手指甲,藏着许多油污。从小妈就给你洗脸洗手,妈对这手要多熟悉有多熟悉,能不知道它有什么变化吗?"吴黑米的母亲泪如雨下。

吴黑米只有羞愧地低下头。吴黑米的母亲又说:"儿呀,妈活不了多久了,你为妈放弃学业不值啊,你就是挣个金山来,也留不住妈呀。你明天马上回学校,你若不回,妈就撞死在你面前。"

母亲说着就要把头往墙上撞。吴黑米忙拉住母亲,他向母亲保证:"妈,我不去干活了,我一定回学校读书,读出个样儿给你看。"吴黑米的眼泪流了出来。母亲这才打消了轻生的念头。

第二天,吴黑米上学了。走时他回头看了母亲一眼,母亲昨晚折腾一夜,到天亮才睡着。吴黑米看着熟睡中的母亲,不

禁悲从中来，他几乎没多想，就又去了汽车修配厂。

到了修配厂，他换上了工作服，投入了繁忙的工作，这都与以往他工作的程序没什么区别。只是到了晚上，老板看到吴黑米在修配厂的门旁竖起一块牌子，牌子上写着"免费洗衣服"。牌子的脸儿是向里放着，这说明吴黑米的义务劳动，是对着修配厂内部的人。

老板非常不解，问吴黑米："你的活儿干得不错，为什么还要额外增加负担？"吴黑米不吭声。老板又说："干了一天的活儿，你要保存体力，第二天我还需要你。"吴黑米这才说："我不耽误活儿，第二天我一样能干好。"老板还是不肯罢休，他说："那你也得告诉我是怎么回事，不然我这儿不允许人随便洗衣服。"吴黑米无奈，这才迟疑地向老板伸出一双黑黑的油手，他说："我不想让我妈看到。"老板明白了。他很爱怜地摸摸吴黑米的头，眼睛有点儿湿，末了他说："从明天开始，你给我做食堂管理员吧，那样你的母亲就看不出你的一双黑手了。"

冰 释

他在江边坐着，看江上的高空缆车，十几辆缆车南来北往，像巨雁来回飞翔。

缆车是他爸爸操纵的，他爸爸不是亲爸爸，是他4岁时妈妈重新为他找的。可是妈妈在找来后爸爸的第二年，就一个人走了，去了哪里没人知道，从此就剩下他和后爸爸。

后爸爸对亲妈妈的不辞而别怀有怨言，整天喝闷酒，有那么两次喝着喝着就带他走，走到郊外转了两圈又回来了。他不知道后爸爸想干什么，只能眼睁睁地由着后爸爸。

后爸爸回来后就不理他了，把自己关在另一间屋子里哭。

又有一次，后爸爸领来一个人，让这个人把他带走。他哭着不走，那个人就硬拉他走。他咬了那个人的手，那个人疼得把他推倒在地。他的头磕到门框上，流出了血。后爸爸看到血，一阵拳脚把那人打了出去。

这些都是他小时候的事了，现在他大了一些，13岁了。他和后爸爸的关系虽然没见多好，却也能维持着过。后爸爸言语不多，几乎和他没什么交流，他们每天就是在一起吃吃饭。饭都是由后爸爸做。

后爸爸做饭只是做晚饭，早饭是家里的牛奶和面包，中饭他们各自在外面吃。

这样的日子也挺好，他也喜欢平静，就是老师那一关让他很难过。老师总是开家长会，一个月开一次。后爸爸没有时间开家长会，他又没有妈妈。老师不知道他没有妈妈，因为他不说，他不想把这事公之于众。

对于亲妈妈，他至今恨着她。他听别人说过，亲妈妈是个风流的女人。由于这一点，他觉得他很亏欠后爸爸。后爸爸一直没有老婆，多半是因为有他。

那么开家长会的事，他从来都是对后爸爸瞒着。

老师是不允许学生家长不来开家长会的，特别是对他。他上课从来没有专心过，都是上着上着就走神儿了，没人能把他的神儿拉回来，老师曾做过无数次努力，都无济于事。最后老师只有把他带到办公室，让他思过，什么时候想好了，什么时候再上课。

可是他就是想不好，他宁死也不会说出后爸爸的名字。入学时他使用的是亲妈妈的户口，亲妈妈早没了踪影，老师就是累死，也找不到他的亲妈妈。他就是在老师的办公桌前站死，

面对世界举杯

也不会供出后爸爸。

然而在老师的办公室里罚站是非常难堪的事。十几名老师共用一个办公室，桌子挨桌子，凳子挨凳子，有时他们嫌他站的位置碍事，就没好气儿地瞪他一眼。有一名男老师对他的老师说："你管他干什么，由他去吧，你还指望他成高才生呀。"

而他的老师也是个倔强的人，她不在乎他能不能成为高才生，她是想征服他给同学们看。这样一来，他们就分不出谁胜谁负了，这样一来，他在老师的办公室里一连站了5天。

5天里老师都不理他。他都是按上学放学的时间例行公事，老师上班他就来，老师下班他就走。中饭是他书包里的一个面包，他就站在老师的办公室里解决这个面包。

这样的日子持续到第六天，老师耐不住了，问他："想没想明白？"他说想明白了。老师说："想明白就回去把你家长找来，不然你永远别上课。"他这才背起书包离开了老师，离开了老师的办公室。

他首先回了家。回家后他很意外地做起了饭。他不会做饭，但今天他要做一次饭，因为今天是个特别的日子，是他后爸爸的生日。几年前也是这一天，他和他亲妈妈来到他后爸爸家，那天他们吃的是饺子。

他学着亲妈妈的样儿把冰箱里的饺子拿出来，他把它们放在生水里煮。其实饺子是要放在开水里煮的，可是他没有注意过，就把它们放在了生水里，待开了锅，他才发现，饺子成了一个坨。

但是，他还是把这成坨的饺子分成一大半和一小半，小半自己吃了，大半为后爸爸放在了桌上。他还给后爸爸倒上了二两酒，后爸爸爱喝酒，这到啥时他都不会忘记。之后他去了江边。

江边人流熙攘，江水滔滔，轮船交替穿梭，沙滩上还有人放风筝，可是他对这些都不感兴趣了。当务之急，他是想多看看他的后爸爸，然后他就让自己溶入江中，成为江水中的浪花。

那样他上课就不会再走神儿了，那样老师就不用吵着让家长来开会了，还有更大的好处，就是他可以天天看到他的后爸爸。

他一直在江边坐着，不知坐了多久。傍晚起风了，他感到了冷。高空缆车早就停了，他想，后爸爸可能早就回家了。

他站起身，准备实施计划，却一眼瞥到码头上的电话。像这样的电话，码头上十几步就有一个。他忽然有了一个想法，想和后爸爸告个别。

电话拨通了，他鼓足勇气叫了声"爸爸"，之后就不知说什么了，倒是后爸爸抑制不住惊喜地抢过话头。后爸爸说："儿子，你创造奇迹了，你煮的饺子饼，淋上点儿油，放在锅里干煸，那才是好吃呢。你一会儿路过小卖部，别忘了买瓶老白干。"

他捂住话筒，哭了很久，最后掏出钱来数，看够不够买一瓶老白干。

使 者

属羊的王小扣，做了一件像虎一样的事情：到各超市去推销歌碟。

王小扣一进经理室，就看见经理正在打游戏。王小扣说："你会打游戏就好，会打游戏就能接受我的条件。"经理是年轻人，看了看他，知道这是个无事不登三宝殿的孩子，就说："我打游戏可不完全是为了消遣，别出去给我造舆论。"

接着打。

他打，王小扣就在旁边看，看着看着禁不住指点起来，经理按他说的做了，还真过关了。其实经理在这关口上已经折腾

面对世界举杯

一上午了，一到这儿就卡壳，他心里禁不住想，这小杂种，比我小时候还厉害。

一关过了，步步顺利。游戏结束了，经理脸上有了笑容，他喝了口茶水，这才想起王小扣已等候多时了，就问："找我有事？"王小扣说："有事。我一到你这超市，就不想买东西了，不是你没有货物，也不是货物不好，是我一点儿购买欲也没有。"

经理一听，皱起眉头，说："怎么回事？"王小扣说："是你的音乐，你广播里放的音乐，让人一听只想睡觉，本来想买的，也不买了。"

经理觉得新鲜，却说："不对呀。比如这个人家中没米了，他来到我超市，不买米他吃什么？"王小扣说："他是想买米，他来之前是想买一袋的，够两个月吃的，可是一进来，听到你的音乐，他就变主意了，只草草地买上几斤。"

经理说："买几斤？他吃完不还得来买吗？"

王小扣说："那不一定，也许他路过粮油店，在那里就买了，现在的粮油店，都送货上门了。"经理想，有道理，凡事讲商机，就问王小扣："你有办法？"王小扣回答："有啊，我给你提供歌碟，顾客听了，想买的买了，不想买的也买了，这才是听我歌碟的意义。"

经理笑了，说："你还讲意义，那你说，这笔账怎么算？"

王小扣说："我的歌碟，你天天放，你的销售量会比原来高出20%，我从中抽取利润。亏了，我赔你200元钱。"

经理想笑，憋住没笑，心想，好你个200元钱，问王小扣："怎么才能知道高出20%？"王小扣说："看同比呀，现在也不是过年过节，销售量基本稳定，仅看排队交款的人，你就明白增加了多少。"

经理故意说："人排得多，每人只买一袋味精也是排队。"王小扣说："销售额有数啊。你把现在一星期的钱款总量，和你用我歌碟后一星期的总量相比较，就显而易见了。"

经理说："你那碟是宝啊？别是大街上到处卖的那种。"

王小扣说："真让你说对了，就是大街上到处卖的，如果不是，老百姓就不熟悉，不熟悉就听不懂，听不懂就难沉浸，难沉浸就会速速离开超市。可是听了我的歌碟就不一样了，他们会浑身都焕发出力量，他们不但愿意多听一会儿，还会产生各种感情上的涟漪，就会为他们心里的人多买上一两样东西。"

王小扣说完，紧盯着经理的表情，他发现经理不吭声了，而且用鼠标乱点电脑，却不确定哪个界面，显然是心里在想事。

王小扣也不急，就站在那儿等。终于，经理扔了鼠标，说："好，就听你一次，权当做一下试验。如果同比销售额高出20%，我从20%中给你提成0.5%，如果还是原来的水准，我就把你的碟扔出窗外，这事就这么定了。"

接下来，王小扣从怀里掏出歌碟给经理看。这一看，经理的笑终于憋不住了，他说："孩子呀，你是不是想挣钱想疯了，你这碟到处都是啊，仅我们家就有两张。"王小扣一听经理这么说，急了，认真了，脸都红了，说："你们家有多少张，是你们家的，你只在你们家放，你想到在超市里放了吗？我这是卖创意，不是只卖碟。"

王小扣说得很激动，经理看到这个脸色有点儿白的孩子眼里竟汪起了泪，好像他抢了他心爱的东西，好像他白瞎了他一番好意。经理想，反正也不是什么大事，不如一试。就心一软，说："收下了。"打发王小扣离开了超市。

其实经理也没拿这当回事，他只想这是哄孩子。孩子需要他资助，有什么理由拒绝？经理是个有爱心的人。第二天他就出门调货去了，他一共去了5天，把歌碟的事忘个一干二净。

可当他满载而归再回到超市时，情形就变了，超市的广播里正播放"……这世界 / 我来了 / 任凭风暴旋涡 / 正是你爱

第一辑

使者

的承诺……就算生活给我无尽的苦痛折磨 / 我还是觉得幸福更多……"

经理一听这歌愣住了,心绪一下子飞了起来,他好像听到婴儿嘹亮的啼哭,宛如一个生命诞生,正向这个充满希望的世界报到。再一看超市里的人,真比往常多了,人们的神态也舒展安详了,不再是来去匆匆。大包小包的货物,装满了一个又一个的购物车。

经理心头一热,忙四下里眺望,他想在人群里找到那个脸色有点儿白、眼里含着泪、推销歌碟的孩子。

阳台里的绳子

巴比的姥姥叫同艾。同艾动辄往家里捡东西,她一捡东西,巴比的妈妈就生气,就把她捡回的碗筷、泥塑、化妆品从窗口扔出去。

同艾看着自己辛苦捡回的东西遭遇无情,有时就偷偷地掉泪。6岁的巴比看到姥姥哭,就劝姥姥说:"同艾,你别哭了,妈妈是怕你把屋子弄脏。"同艾抱紧了外孙子,叹了口气,说:"你妈小的时候,要是能有这些东西,也不至于饥一顿饱一顿呀,你小姨到死也不至于没擦上雪花膏啊。"姥姥说着就哭得更厉害了,眼泪落到巴比的脸上、嘴里,咸咸的。

这天巴比的妈妈上班了。妈妈走后,同艾和巴比商量,她要出去一会儿,请他别告诉妈妈。巴比同意,姥姥就出去了。姥姥一出去就一个小时,回来时拿着一大团绳子,还有几棵干树枝。干树枝姥姥用它去支花盆里的花,那花再不支一支就倒下了，支上后就像为它搭建了一间房子。

姥姥做这些时，巴比在一旁看，等姥姥做完，巴比像小大人儿似的说："这样很好，妈妈也会认为很好。"巴比的夸奖，让姥姥重重地亲了一口巴比。

可是余下的问题姥姥还是挺犯难，她弄回来的那团塑料绳，放在哪儿好呢？放哪儿不会让巴比的妈妈发现呢？巴比也在为姥姥想办法。巴比想了很多地方，鞋柜、碗橱、杂物箱，都不行，都在姥姥的摇头中——被打消。

忽然巴比的眼睛一亮，他说："姥姥，我想到一个最好的办法。"姥姥凑了过来，想听他的办法，巴比就伏在姥姥的耳边小声说了几句。姥姥点头，面露喜色。

巴比的办法是，他有一个小书包，是他上幼儿园小班时用的，由于上面有5只卡通羊，巴比舍不得扔，就让妈妈放在了阳台上他的玩具箱里。

巴比告诉姥姥，那小书包刚好能装下她那团绳子。

巴比的姥姥采纳了巴比的建议，巴比别提多高兴了。至此他和姥姥有了一个共同的秘密。

妈妈下班回来果然什么也没发现，不过她发现儿子巴比总是偷偷地笑。妈妈想，笑总比哭好哇，总比吵得她不能做账好哇。巴比的妈妈在公司是会计，她有时就把做不完的账拿回家来做。

这天妈妈做完账要清理阳台。最首要的是清理阳台上巴比的玩具箱。妈妈说："巴比大了，有些玩具不需要了，不如送人。"巴比听了妈妈的话，脸色大变，心想，那她不就发现姥姥的绳子了吗？

巴比想到这儿，径自跑向阳台，像小卫士一样把守起玩具箱来。巴比说："不行，谁也不能动我的玩具，我的玩具要陪伴我一生。"别看巴比才6岁，说起话来很有分量，词汇十分丰富。

妈妈是溺爱巴比的，巴比的要求她没有不满足的。现在看

第一辑 使者

巴比依旧爱自己的玩具，就说："好好好，听你的，你就玩吧，永远长不大的孩子。"

巴比和妈妈短兵相接时，姥姥就站在客厅里看着他们。姥姥明白巴比的意图，也为自己的绳子捏把汗。因为巴比的妈妈对她下过令，不许她往家里捡别人扔掉的东西，否则她就砸碎家里的好东西。

巴比的妈妈脾气不好，她说到就能做到。巴比姥姥更担心那些绳子了。

现在看聪明的巴比帮了自己的忙，姥姥心里的一块石头落了地，她忙对女儿说："你有空儿不如把阳台上的旧报纸收拾一下，现在的报纸3毛多钱一斤。"巴比的妈妈倒不图报纸卖多少钱，她只图清静，让阳台清爽是她的目的。

报纸很多，一天一份，看后往阳台一放，一年下来，摞起来有一人高。巴比妈妈决定把它们打捆，这样送收购站也方便。

打捆时，问题出现了。由于没有准备，巴比的妈妈没有绳子，如果早有打算，她会在大门口的仓买买上一些，而现在还要下楼一次。巴比的妈妈嫌费事，还是决定不下去了，也不捆这些旧报纸了，等改日买回绳子再弄。

巴比的姥姥看明白了这些，但她也不敢拿出她的那些绳子，她怕露出马脚，让本来挺好的事，又节外生枝。

可是这些都瞒不过巴比，他把什么都看在眼里，他明白妈妈的心思，也明白姥姥的心思。就在她们都举棋不定时，巴比对妈妈说："绳子早准备好了，你捆吧，收破烂的就在楼下呢。"

巴比拿出了书包里的绳子。巴比的妈妈接过塑料绳，瞅了瞅，也没说什么，就捆。巴比的姥姥也帮她捆。刚捆完，楼下真的就传来收废品的声音。巴比的妈妈就趴在窗子上招手。

这时候巴比已回到卧室，他用座机给她妈妈打手机。巴比的妈妈看到是家里的号码时，说了声："这孩子，又闹什么鬼？"

而那一头的巴比的态度却异常地郑重其事,他要和妈妈谈一个问题。

聪明的斡旋

班级选五好家庭,选了5对,庞小亮家都没选上。庞小亮很愧疚。

问题出在庞小亮妈妈那儿。庞小亮的妈妈性格乖戾,脾气暴躁,不合群,没有亲和力。有一次班级的水桶坏了,同学去庞小亮家借,庞小亮的妈妈给拒绝了。不但拒绝,态度也不友好,庞小亮妈妈说:"怎么不回你们家借?跑到我们家借,我们家又不是福利院。"

同学回班级一说,庞小亮的脸"刷"地一下就红了,他当时正出黑板报,把一根粉笔掉在地上摔成好几节。至此,谁也不敢去庞小亮家了。不但同学不敢去,庞小亮的叔叔姑姑也不去。一去,庞小亮的妈妈和爸爸准会发生战争,有时客人还没走,有时刚刚出门,前腿还没迈出呢,后面玻璃瓶子就抛了出来。

这样的日子对庞小亮有影响,但是他一点儿办法也没有。

一晃庞小亮就初中毕业了。等高中录取通知书时,庞小亮管起了家事。这可不是好管的事。

这一天,庞小亮的表哥到他家来,听说庞小亮考高中有望,就从兜里掏出500元钱,对庞小亮的妈妈说:"这钱给小亮买点儿好吃的,庆贺庆贺。"

庞小亮本以为妈妈会感谢他,没想到却听到了令他诧异的

面对世界
举杯

话。庞小亮的妈妈拿着钱，忽然脑筋急转弯一般，问庞小亮的表哥："这钱是你的？还是你早在你叔那拿的？你是来还钱的吧？"表哥愣了，庞小亮也愣了。还是表哥老成，摆摆手，说："用吧用吧，谁和谁呀。"说完他站起身就走了。

妈妈没有出去送表哥，庞小亮也没有送，他觉得他没法独自面对表哥。

表哥走后，庞小亮问妈妈："你怎么说话呢？人家好心好意的。"妈妈回答："你懂啥，有钱他不会自己留着花，给你？"庞小亮气坏了，他高声嚷："谁能交下你，凭钱都交不下你！"妈妈说："黄鼠狼给鸡拜年，能有什么好心！"庞小亮说："狗咬吕洞宾，不识好人心！"妈妈说："你骂我！"她抄起身旁的水杯抛向庞小亮。庞小亮一边躲一边说："你压根儿就知道是他的钱，不是爸爸的钱，你故意把话拧着说，伤人家的心。"妈妈说："知道怎么样，不知道怎么样，还不是羊毛出在羊身上！"

庞小亮气哭了，他觉得妈妈太不讲道理了，太不近人情了。而妈妈却像没事似的和别人煲起了电话粥。

这是一个不愉快的夜晚，这个夜晚庞小亮到深夜两点才迷迷糊糊睡着。再醒来，庞小亮就病了，全身发烧，还不住地咳嗽。庞小亮的妈妈对别人苛刻，对自己的儿子还是蛮在意的，如果不是庞小亮和她顶撞，她是轻易不打庞小亮的。

这会儿看庞小亮气喘得不行，就带他去了医院。

在医院里，庞小亮打了退烧针，开了消炎药、止咳药。但是这些药对庞小亮都不管用。烧虽然退了，他还是不住地咳嗽，而且越咳越厉害，夜里常常咳醒，后来发展到每半小时咳一次。咳起来时，庞小亮流着眼泪不住地呕，胃里的东西全呕出来了。庞小亮的妈妈哭了，她说："儿呀，你这是怎么了？"

庞小亮也不知自己怎么了，这病怪怪的，他自己心里也没底。但是他还是回答了妈妈，他说他想姑姑了。庞小亮已有两年没见姑姑了,前年见时,姑姑在街上卖土豆,见他,说:"想吃土豆就去家里取吧,多取些。"庞小亮没去取,他知道妈妈不会吃她们的东西,再说妈妈也不会让他去取。

现在庞小亮说想见姑姑,若是往常,妈妈肯定不会同意。妈妈不知什么原因和爸爸的家族不共戴天,仿佛见一见他们,都能把自己烧得满身是泡。而现在不一样了,现在庞小亮病了,妈妈就这一个心肝呀。

妈妈就给庞小亮的姑姑打了电话。姑姑来了,给庞小亮带来了他最爱吃的火龙果。庞小亮边咳边把火龙果吃了一小半。姑姑早年是医生,她诊断庞小亮的病不是炎症,是风咳,是过敏而来的。这让庞小亮的妈妈很吃惊。

一问,庞小亮果真在和妈妈生了气后,去过郊外,他想让大自然平定他的心绪,不然他会瞬时爆炸。姑姑给庞小亮开了4味药,庞小亮的妈妈去药店买回后,把药熬了,给庞小亮喝了。喝了药后庞小亮这一夜的咳嗽就轻多了。

为了观察病情,姑姑没走,住在了庞小亮家,一住就是一个星期,这是以往绝无仅有的。以往妈妈死活都不会答应的。这期间庞小亮的叔叔们也来了几次,妈妈也没表现出反感,他们甚至还说了许多笑话。

庞小亮的病好了,姑姑也回家了。屋子里一下子又静了下来,妈妈独自面对庞小亮时,有些尴尬。庞小亮却很自如,他对妈妈说了两句话,说得妈妈站在那里思量很久。

庞小亮说:"世上没有什么不能的,能的都是原来不能的。感谢姑姑。"

第一辑

使者

面对世界举杯

♥ 精　神

　　暑假回家,我和妈妈的矛盾已经到了白热化的程度,妈妈让我做的事我一件也不想做。用她的话说,我在逆反,是青春期逼的。

　　青春期确实是个害人的时期。我总是心烦,身体里像有个鬼,鬼总拿着一支小火把到处点,仿佛我是个火柴盒,一擦就着。我甚至能闻到我身上的焦糊味。

　　这一天,妈妈让我去补习,她的意思是,利用暑假时间,把立体几何再学一遍,她知道我这一科极差。而我的想法是,休息一下,换换脑筋,我的脑袋里早让一盆糨糊糊住了,再让妈妈一唠叨,就像贴上一圈小广告。

　　我决意背叛她的嘱托,就约了几个同学去一家麻将馆打牌。麻将馆都是中老年人,只有我们一伙中学生。我们也不打麻将,只打牌,斗地主,从上午10点开始,一直酣战到晚上9点,胃里搅搅拉拉地难受了,才猛醒,一天没吃东西了,该回家了。

　　由于走得匆忙,也由于饿,回到家我才发现,我把上衣落在麻将馆了。上衣不是值钱的上衣,丢了也行,可是兜里有我一个钱夹,钱夹里有500元钱,是我这学期在学校省出来的饭费,本是想给我妈买补品的,她总是心悸,但一看到她那样,我就烦了,也就让钱沉睡了。

　　我平时最恨我妈的是,我什么事都瞒不过她的眼睛,对我,她就像雷达监视器,步步跟踪,什么都知道。果然这会儿,她盯着我看了半天,忽然顿悟,说:"你的衣服怎么不见了?"我见躲不过她,就说:"落在麻将馆了。"谁想她一听,立马坐了起来,好像衣服是一件金衣服。她急吼吼地说:"衣服丢了,还不去找,咱们家开服装店啊?"

她不这么说还好,一这么说,我就来了脾气,我也一样敞开嗓门儿对她吼:"丢了就丢了,丢了还会找回来?小偷听你的?"我妈见我强硬,摸起扫炕笤帚打了过来,我一把将笤帚接住,想把它撇回去,终究没敢。但我的话却狠了起来,我告诉妈妈:"我不但丢了衣服,里面还有500元钱呢。"

我妈一听这话,顿时捂起了胸口。我讨厌她这副病恹恹的样子,就掉头回了自己的房间。躺在床上我想,不是我不去找,是我去了也没用,衣服里没钱还好,有了钱,谁还会把衣服还回去?

我正想着,一个大黑影罩住了我,吓了我一跳,一看是我妈站在了门口。她立眉瞪眼,问我到底去不去。她说:"事没到最终不能死心。"我回道:"我看你是死心眼,事出来你都不知道,非得事过去你才能明白。"我妈说:"你聪明,你聪明你就给我考上大学,别动不动这也不会那也不会。"

我妈揭我的老底,让我无地自容。我一跃而起,抓起背包,往里装东西,是我的充电器、MP4、课本等,我决定回学校,远离她的聒噪。我妈看我这样,也做了让步,没再理我,一个人出去了。

她走后,剩我自己,屋子里一下子静了下来,这让我很心虚。我兜里没一分钱,拿什么走,再说,我走也是给她看,她不在,我走还有什么意思。我想想,放下背包,打开电脑,想找个懂我心的人聊天,比如小苹,但是今晚小苹没在线。

小苹是我的初中同学,她没有念高中,自己开了个成衣店,没想到生意越来越好。她什么衣服都会裁,什么衣服都会做,有时还给我们家的宠物狗做衣服。如果今天不是我妈走而是我走,走投无路之际,我还真得去小苹那里借钱。

我刚玩了两局五子棋,小苹的头像就跳了出来。小苹向我

第一辑 使者

面对世界 举杯

做个鬼脸，然后说："我看见你妈了。"

我问："在哪？"

小苹说："在麻将馆。"

我说："你也去那里？"

她回答："我去找我爸。"

"找到了？"

"当然。"

"找到就好好睡觉，上来做什么？"

"我觉得你妈那人挺好。"

"哪好？"

"人长得好，还有进取意识。"

"不会吧，我妈是个卖菜的，能卖好菜就不差啥了，谈什么进取意识。"

小苹说："你妈让我感动。她去找你的衣服，你的衣服里有钱，谁知道兜里有钱都不会去找，因为没有希望，你妈能在没有希望的时候找到希望。"

"那是她小抠儿。"

"不，她不小抠儿，她找到你的衣服时，从里面拿出100元，把所有去玩的人的占场费付了。"

我机警起来："她想干什么？"

小苹说："老板娘把衣服保管起来，看到你妈去找就把衣服给了你妈，钱原封未动。"

"这好理解，她不知道里面有钱啊。"

"不，她知道。她先让你妈说数，数对了，她才给的。"

我心里一块石头落地，但却有说不出的滋味。

小苹说："你猜你妈为什么不谢老板娘而付占场费？你妈说，为了让大家记住这件事，记住这间屋子，记住这颗心。"

我无法回答小苹，却又不想冷场，就打出几个字狡辩："可是这和进取意识有什么关系？"

小苹说："关系大了。你妈找到钱，其实是找到个真理，对什么事都不要轻易绝望，什么事都没有我们想的那么糟糕。先前我们都知道这个道理，可是我们都不会像你妈那样一往无前。"

放在床头的手机响了，我知道是报点音乐，可我还是站起身走了过去。我假意有人打来电话，以避免和小苹继续谈话。

教母七喜

我的妈妈七喜，每天做大豆腐。她要早上3点钟起床，把头天泡胀的黄豆用豆浆机搅碎了，放在锅里加水熬，然后用粗布滤去渣子，再放在木头模子里凝固。6点钟时，她就会推着她的小型手推车——车上放着一板直滴水的大豆腐，切割成标准的长方形块，再卧一只铁锅铲在上面——开始走街串巷，吆喝："大豆腐，又白又嫩的大豆腐！"

七喜做我的妈妈，已经有两年了。两年前，她还是个在黄土高原拾荒的老姑娘，生长在窑洞里。那年我爸爸去支边，去时是一个人，回来时带回了一个头上绑着红头绳的黑妞儿。开始我爸还和我装，说她是路边捡来做保姆的，说我没有妈妈，总得有个人照顾我的饮食起居。后来我发现他们睡到了一起，我拎着我爸的裤头不给他，让他赤裸在床上眼巴巴地望着我。我爸像蔫了的丝瓜，立马皱巴巴地没声息了。

七喜来了之后，最失去自我的不是我，而是我爸。我爸都两年没找女人了，一到晚上他就悄悄地上床睡觉，有时还唉声叹气。七喜一来，他也不愁了，他的愁都让王母娘娘的一根彩

面对世界 举杯

绳给拉回去了。

　　爸爸失去自我，我的自我也没剩多少。我爸把七喜送回来后，没热乎几天，就又出去支边去了。他总支边，他的医疗队总是扛着小红旗，哪里苦往哪里去。开始我以为我爸命苦，后来才知道，这一切都是他自己要求的。自从我妈跟人跑了以后，我爸就跟支边杠上了，他好像有瘾，哪苦往哪去。有一回院领导都不让他去了，他买了两瓶高档酒去院长家串门，到底把院长的嘴给撬开了。那酒是好酒，满屋的清香，据说都储存了20年了，被我爸拎走后，那香味还弄得我3天没断了吸鼻子。

　　我失去自我最大的表现是不能全心全意地沉浸网吧了。七喜没来时，我天天去网吧，有时玩过了头，干脆就睡在那里。网吧可以包宿，没有身份证也大不见小不见，饿了还给面包和矿泉水。对我来说，家就是网吧，网吧就是家，反正我回家和不回家也没人知道。爸爸有时在夜晚给我打手机，意在抽查我是否到外面做坏事。坏事我倒不能做，但总玩游戏也不是什么好事。我总是咳嗽，网吧里的空气太不好，烟味臭味都有，一呼吸我的肺就有反应，就像抽油烟机里挂满了黑乎乎的油。

　　我爸一来电话，我就说我在家看电视呢，反正电视的声响和游戏的声响也差不了多少。我爸就很生气，说："在家怎么不接座机？"我就笑嘻嘻地说："看碟呢，情节紧张，离不开。"我这么说，是因为座机安在了客厅，我的小电视在卧房，反正我爸在千里之外也看不到实景，他能把我怎么样呢？

　　而七喜来后情形就不一样了，她和我爸都睡在一张床上了，她就是我爸的眼睛，是我爸的奸细。好在七喜不只是监视我，她还为我做别的，我就算烦她，也还是念着她的好处。

　　七喜说话口音有点儿侉，听上去怪怪的。开始我一句也听不懂，得闷乎半天，猜测她的表情才懂得她在说什么。比如，七喜说："小伙子，18岁咧，打游戏，打不出个好哎。"我没听懂七喜的话，不知她啥意思。但是紧接着她给我补裤子，我却看懂了，而且差点儿没把我笑抽了。真是天大的奇迹呀，花钱你都很难看得到。

我的牛仔裤上，有不少洞洞，都是时尚洞，屁股上一个，大腿上两个，膝盖上一个，都是我用剪刀一个个挖的。那些洞不能挖得太大，得让它一点点榫边儿，毛茸茸的，看着才好看，才像美国西部牛仔，牛哄哄的大气，才满世界地生活不在话下。七喜不懂这些，她看到这洞，像看到一个个贼偷了她的心肝宝贝一样大呼小叫，心疼得不得了。七喜说："没妈的孩子真难过哟，看把这裤子破的。"她就差没掉下眼泪来了。

这天早晨，她饭都没吃，一心给我补裤子。她细针密线，一点一点，和绣花一样仔细。为了用和我裤子一样颜色的布，她竟把她的裤腰剪下来几块，补在我的裤子上，而她的腰间则像是有一排黑鸟窝挂在那里，里面空空的一只鸟也没有，像大嘴饿极了要吃人一样。我赖在被窝里不起床，任七喜补，也不告诉她那是时尚的标志，反正她补完，我再拆下去，她不怕麻烦，我随意，权当看一部大片，权当锻炼她这"土包子"的一门课程。

9点钟时，七喜终于补完了。她咬断最后一根线时，我以为她会走出我的屋子，我好起床。她在这儿我没法起，18岁也是男人嘛，也应该避嫌嘛。

可是我没想到，七喜竟来掀我的被窝，她一边掀一边说："裤头不会有洞洞吧，要不要也补一补？""妈呀，你这是做什么呀？"我惊得一边叫一边坐了起来，忙用被子围住自己，对她怒目而视。不想这简单的两个字，竟引得七喜流下了眼泪，她没注意我的表情，她只注意"妈呀"两个字。七喜的嘴唇像被风吹起的瓦片，抖了半天说："你叫我妈了？我没白给你补裤子，没白给你做肉夹馍吃！"

我哭笑不得，只有对她胡乱地点头。我想，你可饶了我吧，

第一辑 使者

别让我作乱犯上。七喜脸扭到一旁去落泪,这下我可要起床了,我不起床,不知她还会出我什么丑。

这以后,七喜开始不声不响地大包小包往家倒腾东西了:先是大锅,黑得直放亮、特大号的大锅,大得跟一张床似的;然后是吹风机,也是特大号的,大得跟一只小椅子似的,让我想起把它倒过来就是一支枪,杀伤力强到没准儿一分钟可灭一个排的兵力;后又是煤球,一圆坨一圆坨的,快把我家楼下的小砖屋给塞满了。

那小砖屋有一面临街,原是我爸往外出租的,每月1000元钱。现在她也不租了,不知怎么就说退了租户,把房子变成她自己的了。我由着她,反正老爸又去支边了,这回去的是云南哈尼族和傣族自治县,一年也回不来几天,家里里里外外都由她打点。我爸如果不放心也不能交给她,她如果不称职,我爸也不能随便往回领她。这么一想,我就一推二五六,打飞镖把镖都扔了,打鱼把网都丢了,一心沉浸在网吧里,只是时不时地回家瞄两眼,留心别让她把我家的房子卖了。

我继续打游戏,且越打越迷恋。大多数网络游戏我都打过了,征途、传奇、实况足球、魔兽世界、CF等,对每个游戏我都是高手,且打遍天下无敌手,那感觉和统领全军的将帅没什么两样,和宇航员登上太空没什么两样,和我爸最爱看的老片里的王成喊"向我开炮"没什么两样。

这天我正酣战,一只手落在我的肩头,我回头一看,是七喜。她的一身黄豆味顿时像一床大被一样把我蒙上,我心里禁不住又"妈呀"一声,感觉这是鬼呀,来索我的小命儿来了。我连对我最爱的"Q宠大乐斗"也无心再恋战,直愣愣地看着她。

七喜在对我讲话。那天网吧有一伙吵架的,我听不清她说什么，只见她像哑巴一样嘎巴嘴。七喜也觉得这样很徒劳，就一只手拉起我，一直把我拉到门外，拉到向着大街的门楼外面，她这才说："都这么大了，还玩游戏咧，不如去玩台球，那里清静。你咋还像小孩子呢？"我甩开她的手，闷闷地说："你给我钱啊？"

说这话，我是想和七喜较劲，不是真想向她要钱。没想到，七喜真就笑嘻嘻地从怀里掏出一卷钱，都是1元和5元的，她宝贝似的一点点展开。我看到钱上面还有湿漉漉的白，一渣一渣的，想，莫不是她的大豆腐做成了？果真七喜说："这些钱呀，是我今天挣的，刨去豆子钱，刨去煤球钱，刨去电钱，就剩这些，足够你打台球的了。"七喜喜滋滋的，甚至有点气喘，感觉她不是在给我钱，而是在向我报功，报她第一天做成豆腐的喜讯。

七喜见我发愣，把钱塞到我的手里，下了水泥台阶，转到墙角，推着她的豆腐车走了。豆腐车里已经没有了豆腐，只剩一块湿湿的白色粗布和一只黑黑的豆腐铲子。她无比喜悦，就像生活重新有了目标。我也第一次能把她侉侉的话顺畅地听懂。

这天我给远在云南的爸爸发了短信，告诉他七喜的行为。爸爸老半天也没回复，都到了晌午了，日头像个大火球似的，把网吧的屋顶烤成一块热铁板了，他才只回了一句："七喜是特别的，你要学会爱她。"

转眼，冬天来了，大地由一层白，换走了绿色的衣服，却正是卖大豆腐的好时节。热乎乎的一板又嫩又白颤巍巍的大豆腐，推出去不到一小时就卖光了。由此七喜加大了工作量，她再也不是深夜3点钟起床，而是深夜2点就起床了，有时我会感觉到她刚睡下就又起来了。我几乎见不到七喜的面儿了，她都是把一整天的吃的给我放在保温电饭煲里，菜像菜，饭像饭。她知道我爱吃瘦肉，炒青椒里就放着太多太多的瘦肉，炒茄片里也放着太多太多的瘦肉。我吃得真香啊，吃得香我就会情绪好，情绪好，我的台球就一打一个赢，很快我在台球上也是打遍天

面对世界举杯

下无敌手了。而七喜自己，却一如既往地卖大豆腐，乐此不疲，连必要的吃饭时间也舍不得。

有一天我趁她不在家，钻到砖房里，想看她是怎样做大豆腐的，这一看，我的心酸得再也不想去台球室了。

砖房里堆着高高的一垛黄豆袋子，为了省地方，一摞就摞到屋顶。她什么时候把这些弄回来的，我一点儿都不知道。她得怎样再把这些黄豆变成豆腐，又怎样一块一块送到各家各户呢？这一想，我觉得有点儿对不住七喜了。我虽然不去网吧了，虽然不让我的肺天天遭遇那馊巴巴瘪味的折磨了，可是到现在为止，我花掉的七喜的钱已经不计其数了，从某种程度说，打一杆台球，就是打掉七喜一块豆腐，打无数杆台球，就是打掉七喜无数块豆腐，打一辈子台球，七喜的豆腐就会让我打出一火车皮。

有了对七喜的感激和愧疚，再用起钱来我就谨慎得多了。七喜再给我钱，我都要拿出一半重新塞回她的褥子底下。我打台球的心思也不那么浓了，就好像心里多出一杆秤，知道称称这、称称那，做比较了。秤砣也都放在准星里，而不是放在准星外了。这天我破天荒没有去台球室，而是坐在家里，望着楼前飞来飞去寻食的小鸟，思考自己以后是否应该做点儿什么了。

这天夜里下起了小雪，雪一下屋子就暖了起来，暖气也比往常热一些。我趴在床上给"Q宠大乐斗"立传，想知道它为什么如此招天下人喜欢，为什么让那么多恋着它的人难分伯仲。

七喜见我屋里的灯亮着就走了进来，这会儿她一定是泡好了豆子，做好了2点钟起床干活的一切准备。七喜手里拿着一个本子，嘴角衔着一只绿色油笔，本子也不是大本子，只有手掌大，皱巴巴都起了毛边，脏得像一叠旧布。别看它脏，却一直住在七喜的怀里，七喜用它记每天卖豆腐的进项。

七喜见我诧异地望着她，立即笑嘻嘻很神秘地说："给你看样东西。"说着，她拉过一个凳子坐在我床前，我裹紧了被子她也没在意。她慢条斯理地把小本子打开指给我看，越发神秘地说："你猜这是什么？"我顺着她的指点看去，看到一堆数字加来加去，像金字塔一样摞得老高，最后在塔底有一串5位数的数字——11756。我心里骤然一惊，像有一根大提琴的弦"嘭"的一声奏响，不知她葫芦里究竟卖的什么药。平静一下自己，我故意诈七喜："是117元5角6分吧？"七喜见我猜中是钱，惊喜但又嗔怪起来，说："你就是瞧不起我。"她很认真，脸都急红了，又忙不迭地纠正我："是上万了，是11756元，再挣几年，就够给你娶媳妇了。"七喜的态度虔诚得像我们家柜上放着的血压仪。

我立即哑然，心里一阵热乎乎的。我憎恨我的亲生母亲，也没承认七喜是我的母亲，而现在，七喜把自己当成了我的母亲。七喜把真正的母亲形象在我面前揭了彩，就像商店开业大吉那样，那条横亘在我心头多年的红彩带被七喜剪断了，从此要向世人公示了。我怕我复杂的情绪表现出来，忙打掩盖，说："我还没女朋友呢，忙什么。"我还干笑了几声，故作镇静。但是这话还是没掩饰住我的激动，我感觉像有一组加热的暖气片靠近了我的五脏六腑，全身心不住地燥热升温。

不想这可没难倒七喜，她盯着我看了一会儿，忽然变戏法似的一撩衣襟，给我抖出个媳妇来。七喜拿出一张照片，一边递给我看，一边说："我给你找了一个。"我吓了一跳，慌忙又紧了紧被子。可是七喜看到我的动作，突然用力拍了一下我的肩膀。她在打我，脸也拉了下来，说："哪有娃怕妈的？"我正不知所措，她就又像小孩子一样，忘记了刚才的不快，开始笑嘻嘻了。她凑过来，和我头挨头，一起看照片。

第一辑

使者

面对世界举杯

照片上是一个漂亮女孩,站在一辆汽车前,双臂随意地交叉着,两条腿笔直修长,穿着一条磨白的牛仔裤,牛仔裤越发显得她青春靓丽,一件短及腰间的小黄半袖短衫,协调自然地搭配在她起伏的上半身,密而长的波浪披肩发,在衣领和胸前匍匐,加上背景的蓝天白云,漂亮得像从天上落下来的仙女。我惊讶七喜从哪弄到这么好看的照片,不,是这么好看的女孩,没想到土得掉渣的她,眼光居然俏皮得有几分味道。

七喜看我满意,说:"你要同意,我找人给你介绍。"一听说找人,我立马冷静下来,问她:"你认识她?"七喜摇摇头,说:"她是卖汽车的,宣传板有她的照片,我揭回来给你看,明天一大早我还要给贴回去。"

七喜的话把我弄得哭笑不得,心跳都加速了,半晌我才说出一句:"这叫车模,哪是我们这样人家找得来的。"七喜大约也觉得自己办的事离谱,就讪讪地把照片拿在手里,嘴里不知嘀咕些什么。

事儿就这么过去了。细想我还是很感激七喜的,在这个世界上,七喜作为女性,第一次给我带来了一个新世界,尽管我不情愿接受她,尽管我拒绝她土里巴叽的爱,可她还是懵懂地一相情愿地闯入我沙漠般的情感禁区。

又一天的中午,我在台球室和别人闹矛盾了,摔人家的台球杆时,我把台球杆给摔劈了。老板娘立刻和我翻脸,让我赔,一扫平时拉我们玩时的低三下四,一个台球杆她要了我150元,还说让我赔的是半价。我看着她油头粉面的样儿,真想砸了她的台球室,掀翻她的台球桌,但又一想,好男不和女斗,我毕竟是男人。这会儿想到七喜的话,我把自己吓出了一身冷汗,这才知道,七喜对男人的理解,不乏没有道理,原来她说中了事物最要命的本质。

我决定回家取钱,把我的一个同去的朋友押给老板娘后,我迈出了台球室的门。由于盘算着怎么和七喜开口要钱,我走得很慢,且四下寻觅着有什么可让我开心的事。路过一家汽车4S店时,我看到那里围了一伙人,好像在吵架。出于好奇,我凑了过去。我本是双手插兜,伸着脖子,踮着脚向里看。可是当看到里面的场景时,我把手从兜里迅速抽出,浑身陡然生出一股力量,扒开人群冲了进去。因为我看到了七喜,她正被人紧紧扯着衣领。由于是冬天,七喜穿着很厚的棉服,她的脖颈被人紧紧勒住,脸都有些发紫了。我不由分说地冲上前去,一拳一脚就迫使那人松了手臂。但是战火也由此而引到了我身上,那个比我大不了多少的小男人,迅速对我还击。人就怕不要命的,我的势头很猛,虽然比他矮半头,却一点儿没吃亏。

但是我到底平日里只知道打台球,缺乏锻炼,打到4S店巨大的玻璃墙下时,我的体力有点儿支撑不住了,加之4S店里的店员们陆续加盟进来,他们从我的背后冷不防推我一下,又垫上一脚,我就有些立脚不稳,重重地挨了两拳。可这只是暂时的,只是一瞬间的工夫,我胜利的曙光又照射过来,让我顿生士气——我看到七喜把一块块又白又嫩的大豆腐,又稳又准地抛在了我对手的身上和白净的脸上。人群顿时四散。七喜一块接着一块地扔,豆腐不但糊住了那小男人的嘴巴,让他"呸呸"地不住往外吐,也糊住了他的眼睛,让他像从雪地里往外扒土豆一样扒眼睛,顿时失去了战斗力。我知道不能恋战,不能给对手喘息的机会,我回头拉起七喜,七喜拉起车,我们一起向街中心的交警那里跑去——不管是什么警吧,只要是警察,他就不会不阻止斗殴发生。

果真那伙人没有追来,我和七喜扭头看到4S店前站满了店员,他们都穿着藏蓝色笔挺的西装,白色的内衣领子像月牙一样翻出来,一个个伸着脖子向我们这里张望。七喜也向他们那里望着,望着望着她对我说:"看到没有,那个,就是那个,

面对世界举杯

擦脸的那个,就是我给你看的照片上的女孩。"我顺着七喜指点的目标看,可不,那女孩手里拿着一条白毛巾,正为那个和我酣战的男孩擦脸上、头上、身上像雪花一样的白豆腐。七喜哈哈地笑着,拍着手,像班师得胜的孩子一样手舞足蹈。她的样子引起交警的反感,我赶紧拉着她离开街中心。

路上七喜禁不住告诉我,那女孩子爱吃大豆腐,每天都要买一块她的豆腐,她就在卖给她的豆腐里,放了一根银闪闪的做活的针。我皱起眉头的当儿,立马明白了,肯定是那女孩没有答应做她的儿媳妇,她报复人家。而那个战不过我的男孩子,当然就是那女孩的男朋友喽。

父亲在旧历年末、离过大年还剩几天的日子回到了家里,他又黑又瘦,精神却蛮"矍铄"的。他回来,七喜有几天没去街上卖豆腐,一是陪他,二是要过年了,人们基本不吃鲜豆腐了,都是买一些冻豆腐,以备正月里做烩菜吃。用烀猪肉、猪蹄、猪肘子的老汤炖冻豆腐和海菜,是东北菜的一绝。七喜知道父亲要回来,怕没时间做豆腐,都是提前把鲜豆腐做成一板板,冻好后,放在塑料袋里,10块一小塑料袋,20块一大塑料袋,人们就都围在家里来买冻豆腐了,七喜也得闲能和父亲在一起多待些时日。

七喜爱父亲,她每天调着样给父亲做吃的,一会儿给他炒肥肠小青椒,一会儿给他炒绿油油的西兰花,一会儿又给他做打糕。父亲不是朝鲜族,是正宗的汉族人,却特别愿意吃打糕。七喜惯着他,像伺候幼儿园小孩一样可着他的性子来,唯恐哪里不周,唯恐自己做得不好,像丫鬟一样迈着小碎步,围着父亲,看他的脸色。

父亲想在正月十五之后离家,继续他的云南支边。父亲一生就耗在支边上了，好像他不这样不能活，好像这样做是他全部的生命意义。他能在一天内做30个白内障手术，创了他这行的记录。可是我总觉得父亲除了这个还有别的，他的心似乎总在漂泊中停不下来，像海中的船，没有更好的机会靠岸，这与母亲离开他有关，让他一辈子都处在寻找中。但他的寻找又似乎没有既定的目标，到底在寻找谁，他自己也不知道。我大约明白，他要找的那个人，既不是母亲，也不是七喜，可以说，他找到的都不是他要找的，这一点我敢打保票。

不是母亲我能理解，母亲背叛了他，可不是七喜我就吃不消了，七喜是他选中的，欣然跨过几千里领回来的，他却把七喜当作一件新买的衣服，不穿而压在柜底。

三十儿晚上，万家万户都在喜庆中，我们家也是。七喜扎着小围巾，忙上忙下，忙着焯肘子和猪蹄，忙着从盆里往出起冻子。七喜的冻子熬得非常讲究，透明而肉皮细碎，让你一看就想吃几口，一块块肉皮像在水晶里游泳一样。做完这些，七喜又忙着包饺子，她的饺馅拌得也特别，有玉米猪肉馅的，有香菜牛肉馅的，有木耳羊肉馅的，分别用盘子装好，放在面板上，一个个小巧的饺子就都拥拥挤挤地出生了。她还洗了3枚一角的硬币，分别放在三样馅里，她说，谁吃到它，一年顺利。她若吃到，能卖太多太多的大豆腐；爸爸若吃到，能在家多住些日子；我若吃到，能找到个女朋友。七喜就是怀着这些理想，不知疲倦地把她的祝福和愿望都包在了饺子里，而这些祝福里，没有一样是为她自己的。

七喜一边包饺子一边看春节晚会，晚会上有她熟悉的她家乡的民歌，七喜乐得眉开眼笑。父亲则来到我屋子里，拿着他的手机上网。我们家没有电脑，没有安装宽带，父亲可能以为我不懂，就在我面前肆无忌惮。其实我比他还懂，我天天在PC端和手机端无限遨游，几乎是网络通，我一看就知道他在用

GPRS 上网，而且很私密。但是我佯装不知，和他聊天，我问："爸爸，不能不再去云南吗？那么远，家里没你不行啊。"爸爸不在意，忙里抽闲说："那怎么行，云南是我心里的一部分。"

"再是一部分，还有我和七喜重要吗？"我问爸爸。

"那不一样。"爸爸回答。我瞥了一眼他的手机，不知怎么觉得他像个吃里爬外的奸细，在摆弄发报机，沉浸和专注的样儿，好像那里有他无尽的吃喝和诱惑。爸爸上网用笔写，这比他打字要快得多，可是也还是供不上那边的需求，弄得爸爸都没时间抬头看我。

我有点儿不高兴，老实说，我知道那边肯定是个女孩，是个和爸爸有着暧昧关系的女孩。我问爸爸："那你一生就在外面过了？我的婚事你也不管了？"爸爸这才抬起头，盯着我唇边淡淡的髭须看了好一会儿，末了说了句："七喜会管。"说完，他又低头上网去了。我很失落，很怅然，觉得爸爸冷落了我，忽略了我。这还不算，更让我吃不消的是爸爸耍了七喜。于是，等爸爸写完这句话，手机里的"QQ"没叫之前，我说："为什么七喜管，七喜没有责任，也没有义务，她不是我妈，我妈都不管我，她就更没理由管我，再说你凭什么使唤七喜，你对她忠诚吗？"我的一串话，把我的脸涨得通红，本来我的皮肤就白，平时谁看都说我像小丫头，这会儿一红，估计就像一朵白云浸泡在晚霞里，一点一点上了颜色。

父亲这才觉出事情的严重，忙写下几个字，下了网，把手机揣在了兜里。我知道他不会随便像我一样把手机丢在床上或桌上，或者洗手间，他会像对待一个价值连城的宠物狗一样，一刻不离地牵着它，因为那里有他的秘密和心思，有他的情感和寄托。

爸爸揣起手机后，掏出烟，点燃吸上，准备和我长谈。他的目光散淡无神，像是投奔到了云南，像是被那女孩用一根绳牵了去，爸爸说："七喜不次于你的妈妈，你的妈妈可以扔下你一走了之，七喜会吗？七喜是一旦有人走入她的世界，那这个人就是金不换，她会把这人看成自己家园的一棵树、一寸土、一丝空气，不可侵犯，必要时她豁出命也在所不惜。你妈会吗？不但你妈不会，我也不会。我对你全部的打算就是你长大了，可以自立了，加上七喜照顾你，我就等于给你找了个守门人，或是说教母。"

好一个教母，亏父亲说得出口。我恨不得把爸爸叼在嘴角的烟揪下来撕个粉碎，一瞬间，我觉得父亲是全世界最无耻的男人、骗子。但我还是忍耐住自己燃烧的怒火，我不无讥讽地说："可是不管怎么说，你得给七喜一个名分啊。她到现在也没得到这个家庭的承认，我们家的户口上，没有七喜的名字呀，派出所来人口普查，七喜算是外来户，算是来我们家打工的呀。我得和工作人员解释，七喜是我们家保姆，或是来走亲戚，我不能说她是我妈吧？还有物业来收物业费时，我总不能跟人家费口舌说我们不能交三口人的，只能交两口人的，说你常年不在家，用你的那份顶七喜的吧？"

爸爸听了我的话，起初没明白，但他凭着聪慧很快找到了事情的症结，就像他做白内障手术，马上就能判断出那个把眼睛弄得模糊的晶状体到底有多混浊。爸爸试探着问我："你是说，我没有和她领结婚证？要是这事那好说，初八上班我就陪她去，你也可以和我们一起去。"

我的手里正拿着一张餐巾纸，愤怒间用手指捻来捻去，这会儿听爸爸这么说，我没理他，也没接他的话茬，更没看他一眼，而是把餐巾纸用力团了团，塞进嘴里，像吃棉花糖一样咽了下去。

初八是我们家喜庆的日子，最高兴的莫过于七喜了，她和

面对世界举杯

爸爸去民政局，把大红的结婚证领回来了。七喜第一个就给我看，她高兴得了不得，不亚于她把挣来的卖豆腐钱存在我的名下。她笑嘻嘻的，一口白牙就像合不上皮的饺子，被她的厚嘴唇给出卖了。七喜说："这下好了，你爸爸娶我了，我就真正成为你的妈妈了，成为你妈妈，我再卖豆腐时心里就不七上八下了，就不用想有一天你爸不要我，我这不是白干吗？成为你的妈妈，我就可以名正言顺地去邮局给你爸寄东西了，不用管邮政小姐问我往哪儿寄，寄的什么了。每当她们那么问我时，我的心就像我18岁时打的那个腰鼓，嘭嘭的，就好像是自己做了什么见不得人的事，好像我来你们家，她们知道似的。我成为你的妈妈，再说你时，你就不会躲着我了，你就不会把脸红得跟个大姑娘似的了，你就不会跟我瞪白眼，让我的心发颤了。"七喜自顾自地叨唠着，好像得了一个大金元宝。而我的心里，却像淘金的沙一样，散得不知去向了。

因为我发现爸爸没和七喜一起回来，而是七喜一个人，像捧着奖杯一样小跑着回来的，一路沾沾自喜，这仿佛就是七喜以后的日子。爸爸虽然给她个名分，在我看来也不是由衷的，七喜以后到底能怎么样还真是个未知数。其实我心里的鼓比七喜先前敲得还响，如果没有这一纸文书，七喜可能还是自由身，有了它，七喜再嫁是否得打折扣？而爸爸对七喜的责任，好像就在于对七喜的绝对信任，而不是情感。如果爸爸和那个如胶似漆的女孩子成了，七喜还怎么走下步？而我在中间担当了什么样的角色？

七喜不知我想这些，她把大红的结婚证，镶在了写字台上的塑料镜框里，和一张她与爸爸在黄土高原的照片放在一起。我知道这是七喜的宝贝，对她来说，这是爸爸给她的无限温暖和爱护，还有接受。

爸爸去街里买什么我不知道，一直到黄昏他才回来。他拎着一个包，淡绿色的，是商店里买衣服给的包装袋。袋子里有一个衣服盒子，看样子是女式的，我想他这是为七喜买的结婚礼物，七喜也应该得到爸爸的一份敬奉，但是我的想法很快像风刮尘土一样，被旋得支离破碎。要说这也怪爸爸，他也是做不得亏心事的人。爸爸把兜子拎回时，七喜正做饭，抽油烟机隆隆地响，菜的香味让爸爸吸了吸鼻子，他换了拖鞋就来到我的屋子。我也正给同学发手机短信。同学在火车站售票处工作，我让她给我爸爸订一张正月十六去云南的火车票。

　　爸爸进了我的屋也没说什么，速速把手中的兜子放在书柜的顶端，放的时候还不住地往外看，害怕七喜突然进来。爸爸放好了东西才注意到我的存在，他问我："票订好了吗？"说他想把时间提前一些，想不过元宵节就走。我回答爸爸："春运车票紧张，你干吗那么急？"爸爸也不做解释，只说我必须走，不行打车先到省城、再坐飞机我也走。看爸爸的样子是有什么急事，我也知道我无论如何是劝不了他的，就又给同学补了一条短信，让她想一切办法也要弄到初十的票，这样爸爸回云南的日子就大大地提前了。

　　爸爸提前走很出乎七喜的意外，她的眼泪瞬间就下来了，像梨花飞雨一样洒在了她泛着雀斑的脸庞上。七喜哭出了声，爸爸似乎很抱歉，拍着七喜的脸蛋，拉着她的手，把七喜拉回了自己的屋。

　　爸爸为什么这么急着走，莫非那边的女人出了事？但又不像出了事，看爸爸喜气洋洋的脸，像一个出远门要回家的孩子，一点儿都不像是去奔丧或是去救命。那就是爱火燃烧吧，就是嫦娥二号的底座点燃后，猛然的推动力吧。想起这些我站起身，打开了爸爸放在柜顶的衣服口袋，这一看我更加断定爸爸的衣服不是给七喜买的，而是给远方那个女的买的。

　　衣服是一件淡绿色的鄂尔多斯羊绒衫，据说这样的衣服很

面对世界 举杯

贵,出那种羊绒的山羊吃起草来,连根都吃掉,所以一件衣服要三四千元。爸爸会给七喜花这么多钱吗?七喜会穿这种颜色艳丽的衣服吗?七喜的衣服从来都是绛色或灰色的,况且爸爸偷偷摸摸的样儿,已经向我坦白,这不是给七喜的。

一想到不是给七喜的,我心里就隐隐有了恨意。我把盒子打开,把衣服拿出来看。这种衣服别说三千,五千也值,织一件要多少羊绒呀,要多少草原呀,就好似我为这些羊绒心疼了,为草原心疼了。我把衣服提出来,塞在我的行李底下,又迅速把另一件我不穿的旧毛衫放在了盒子里面。我想,让那女人穿去吧,让老爸丢脸去吧,为这事他和那女的闹翻才好,也算我为忠诚的七喜做一点儿力所能及的事情,出一口她出不了的浊气。

爸爸走的那天,我去送爸爸。七喜本是也想去的,但是爸爸不让。也刚巧一个客户要订豆腐,鲜的,跑便全城也没有开业的豆腐摊,就和七喜商量,说他们家儿子结婚,摆大席,需要5板豆腐。七喜犹豫间,爸爸已为她应承了下来。爸爸说:"没问题,交定金吧,两天后来取。"拿着定金七喜不做也不行了,可是这样她就没法去送爸爸了。

车站永远是漂泊着船的海洋,这海接纳了这条船也接纳了那条船,每一个人都是一条船,每条船都有自己的方向,又不是自己的方向,比如爸爸,他在这头是爸爸,在那一头也可能是爸爸,能说他只为我当爸爸而不当别人的爸爸吗?能说他只当七喜的丈夫而不当别人的丈夫吗?可能他在起点时还信誓旦旦,可是终点却成了他另一个起点。爸爸看我心事重重就拉住我的手,想让我在车上和他多待一会儿。本来我想把爸爸送上火车的卧铺就下车,看他拉我,眼神里有企求的渴望,我就不得不停下来,坐在他对面的卧铺上,对面还没有人上来。

爸爸握住我的手,好久没说话。我也没说话,但是爸爸眼睛里的内容我全都看懂了,那是难舍难分的惜别,像星星一样眷恋，像湖水一样深情，像山石一样让人站不住脚。我预感爸爸以后回来的日子不会太多了，如果那样家里就没了顶梁柱子了，七喜在我们家这间房子里就孤独难守了，她会成为另一根顶梁柱子守护我终生吗？

爸爸想对我说什么，可几次我都把眼睛移向窗外。窗外的夜色是暗的，除了月台上的灯光和低矮模糊的红顶黄房子，远处什么也望不见。说实话，我什么也不想听他说，一句也不想，一想他要对我说什么，我就想起他放在旅行箱里的，那件他心爱的淡绿色"羊绒衫"（虽已不是那件）。那"羊绒衫"温文尔雅，相貌俊秀，被爸爸小心翼翼地放在了旅行箱的夹层里，唯恐被弄脏弄皱。那是他全部的厚望和心愿，是七喜无法享受到的一份独到的馈赠。七喜做梦也不会想到，除了她之外，爸爸还有另一个江山，还有另一个人占据他的心房。而她只能怯生生地站在门外观望，重则敲敲门，却被永远拒之门外。这时对铺的人提着大包小包像挂满铃铛的树戳在我们面前，我立即挣脱了爸爸的手，站起身说了声"保重"，几步蹿下了火车。

下了车我不回头，一直向前跑，我使出了从没有过的脚力，仿佛怕这个长长的火车变成一条蛇，缠住我，不让我向前。我一直跑，跑，脚下生风，身体如同石子从山上滚落。出了站口我的脚步仍然没有慢下来，我只有一个想法：快点回家，告诉七喜一个特大的好消息，天大的好消息，爸爸，我的爸爸，给她——一个叫七喜的人，买了一件淡绿色羊绒衫，一件价格不菲的鄂尔多斯羊绒衫。我不知七喜穿上它会有多快乐，会有多喜悦，会有多惊艳。那是3只山羊身上的绒才能织成的羊绒衫，那是一亩草原的代价才能换来的羊绒衫，那是她足足卖1500块豆腐才可兑现的羊绒衫。还有那淡淡的充满敬意的绿颜色，原野上初绽小草般的绿颜色，是爸爸无尽的希望，一眼望不到边的生命终极的希望。也是我——她的儿子，一个整天泡在台球室、标准的坑人精、拿她的劳动果实当粪土的坏小子,天宇一样大而无垠的希望。

　　树在我前方被我掠过去了,身旁鳞次栉比的小店被我甩在了身后,汽车一辆一辆在我身边穿行而过。回家的路变短了,变近了,变得实在了,变得就在眼前了,变得一步就可跨过它的门槛,这样我便可以仰躺在松软的床上睡大觉了……

　　跑到小巷口,老远我就看到七喜拉着她的豆腐车出来了,她躬着背,努力向前用力,声音灌满了小巷的头顶、腰身和脚下,悠远嘹亮,亲切愉悦,浪漫豪情:

　　卖豆腐咦——

　　又白又嫩的大豆腐咦——

　　不吃就后悔的大豆腐咦——

　　一吃就醉倒的大豆腐咦——

　　我满眼含泪,喉头嚅动。七喜,我的妈妈,我的豆腐妈妈。此时我极想扑入她的怀抱,摘一块雪白的云朵做手帕,为她轻轻地擦拭她额顶的汗,轻轻地,轻轻地,不被人所知的,如同月色撩人。

第 二 辑　**思念**

明星的毁灭

4个人一起向深山走去，他们的目的是到那里采"小孩拳"。"小孩拳"是一种没有受污染的山野菜，小峰的妈妈非常喜欢吃，所以他们预备着采很多很多的"小孩拳"，送给小峰瘫痪的妈妈。然后他们就归队，因为射击队还等着他们参加全国锦标赛呢。

小峰是这4个人当中唯一一个带枪的，带的却是一杆猎枪。出来时他们本来不想带，可是小峰的妈妈说，还是带着好，一旦遇上猛兽她也好不担心。他们觉得有道理就把它带了来。

他们4个当中只有小峰的射击本领低些，小前、小仪、小童都比小峰强，他们射击打靶从来都是九环以上。但是小峰从来不心酸，他就是喜欢射击，哪怕打零环他也还是喜欢射击，射击的首要武器就是枪支，所以小峰不论不喜欢什么也不会不喜欢枪支。

大山渐渐向他们靠拢了，大山外面的"小孩拳"也很茂盛，但是他们都无意去采，他们的潜在想法还是向深山进军。深山有着无穷无尽的诱惑，有着他们无穷无尽的向往，也会有无穷无尽的"小孩拳"。

有那么一刻小峰欢喜极了，因为他看到了另一座山的半山腰有一只猴子。在这一带看到猴子也不是常有的事，但是小峰不觉得稀罕，因为他在山下住了不下10年，不像其他的3个伙伴，特别是小童连真猴子都没看到过，不可能不觉得猴子可爱。

小峰自看到猴子那一刻起，就留了一个心眼想打死那只猴子，他瞄了几瞄，终因距离太远而放弃了。小童对小峰的举动总是报以另一种态度，他说："小峰，爱护大自然呀，别犯错误，不然我们都回去吧。"小童一说回去，小峰就不敢再造次了，他和小童住同寝的上下铺，平时小峰还指着小童在射击上教他怎么突破呢。

小童他们在前面走，已经到了半山腰。半山腰有一块稍平坦的地，"小孩拳"就疯了一样地往出长。小童他们就在这里停了下来，他们把自己的衣服脱下来，准备承载更多的"小孩拳"。

小峰总是不甘心把精力只放在"小孩拳"上，他的背后是座高山，他试了几次后还是趁人不备攀了上去。可是攀上去的小峰却没有想攀上那座高山时那么得意了，他刚在一棵树旁站稳，立即有一只"手臂"从树上伸了出来，紧紧地勒住了他的喉咙。是小童最先发现那不是人的手臂，而是一条蛇长长的脖颈。小童发现后，小前和小仪已吓得面无人色。那条蛇是一条有成人胳膊粗的蟒蛇，它的力量和智慧一点儿都不比小峰差，它用它巨大的身子把小峰缠紧，头却向树干的另一方伸去，小童看得出来这条蛇是在暗暗用力，它想让小峰窒息并且把他绑在树上。小峰已经喘不过气来了，这条蛇再坚持3分钟足以要小峰的命。小仪对着小峰喊："把枪扔过来，小峰！"

可是小峰已经没有多少力气扔枪了，他的脸有些发红，气都喘不匀了。他只能把枪丢在地上，然后用他的一只脚踢了一下那猎枪，他踢这一下还不如不踢了，因为枪的方向离蛇头更近了，是小前冒死躺在地上用一只脚把枪勾了过来，然后小仪把枪拽过去就要向蛇开枪，小峰用它那几乎说不出话的嗓音对小仪说，让给小童。小峰的声音已经变成沙哑的老头儿，但他明白只有小童能准确地胜任这项没有把握的工作。

小峰的话提醒了小仪，他知道在这关键的时候，只有小童的稳重会起一些作用，虽然他们的枪法一样准确。

被推上战场的小童此时可没像他们想的那样，小童是个很胆小的人，他选择射击不假，却从来没伤害过无辜的生命。他小时候连蚂蚁都不敢踩，长大了也从来没瞄准过有生命的物种。

面对世界举杯

但是此时容不得小童多想了，紧急关头让小童没有了选择的机会，他接过小仪手中的枪，绕到树的另一头，却发现他的手抖成一团。小仪喊："小童，前面就是靶心，稳住神！"

小仪的话起了作用，小童经过两秒钟的休整，开枪了。那个高举着的巨蟒的头终于折了下来，那蛇身也像一根松紧带般一点点在小峰的身上松懈了。

一场虚惊结束了，大家都松了口气，为化险为夷有惊无险庆幸。

但是此时他们谁都没有发现，拿着枪的小童把枪掉在了地上，接着他自己也像一根蘸水的挂面，一点点瘫了下去。小前、小仪光顾着从蛇身上拯救小峰，等发现小童时，他们唯一的办法就是必须来用指甲来对付小童的人中了。

小童苏醒了，没有大碍，他们也从大山中安全回到射击队了。"小孩拳"没采成也不采了，一切损失不大。可是一周后教练宣布一条消息，说小童无缘参加这个月的全国射击比赛了，以后也将无缘射击冠军了，原因是他的手总是哆嗦，眼睛也找不准靶心。

而小童自己却说，他不是找不准靶心，而是看什么都像蛇，靶心更像蛇的眼睛。他说他对那条蛇是有愧的，那蛇本就没有什么错，是小峰侵犯了它生存的领地。

更 正

迈迈的儿子天生很木讷，是个极其听话的孩子，不像迈迈说起话来疾风骤雨，说完拉倒，心里丝毫不留芥蒂。迈迈的儿子轻易不发表自己的观点，他把他的想法全部藏在他眼睛的背后。

迈迈儿子5岁那年迈迈领他上街，由于迈迈要到一个戒备森严的单位取材料，就让儿子在对面百货商店的北门等她。可迈迈的这次出行非常不顺利，她要到另一个地点找另一个人才能把材料拿到。迈迈心里着急就顾不得儿子，出了门直奔另一个单位。

等办完事已经是下午4点多了，天也快黑了，那个地点离家又近，迈迈想，这么晚了可能儿子早等得不耐烦了，说不定这会儿已经到家了，就没多想也竟自回家了。可是等迈迈到了家门口，看到门上的暗锁一点儿没动，才预感儿子的的确确还没有回来，无奈只有返回百货商店。

这时的商店早已下班，路上人烟稀少。迈迈老远就看见儿子孤零零地站在商店门外，天空飘着雪花。想到儿子一个人站在雪中伴着天黑等妈妈，迈迈心里就一阵疼痛。可心痛之余不禁怒火中烧，迈迈觉得儿子真是太死心眼了，这样的孩子你不叫他，他能在这里等一夜。可到近前了，迈迈什么也没说，扯起儿子一路疾走。

迈迈由于心里有气，一路和儿子一句话没说。迈迈不说是因为怒其不争，儿子不说是因为无话可说。他们就那么无声地对峙着，谁也不让着谁。到了晚上，还是迈迈沉不住气了，迈迈首先开了口，问儿子："为什么不自己回家？"儿子说："是你让我在那里等。"迈迈想说，我让你死你也死呀？可想想这

第二辑 思念

面对世界举杯

话很晦气，不宜对孩子说，就咽了回去，再说迈迈也觉得这件事责任不全在儿子。

看完晚间新闻，该到辅导儿子功课的时候了。迈迈拿出早就准备好的文章让儿子朗读，儿子很听话，接过就念："城东有个公园，公园里有老虎、狮子、大象，还有小鸟。老虎和狮子是兄弟，可是它不愿同狮子玩，它总是想去找小鸟，它羡慕小鸟能飞翔。有一天小鸟终于来了，它就对小鸟说，你能教我也飞翔吗？"

儿子念到这儿，迈迈立马对他叫停，迈迈说："错了，重念！"

迈迈的儿子听了母亲的话眨眨眼只有重念，迈迈知道儿子在想什么，因为儿子根本就没有念错。

迈迈的儿子又念："城东有个公园，公园里有老虎、狮子、大象，还有小鸟。老虎和狮子是兄弟，可是它不愿同狮子玩，它总是想去找小鸟，它羡慕小鸟能飞翔。有一天小鸟终于来了，它就对小鸟说，你能教我也飞翔吗？"

儿子念到这儿，迈迈立即又对儿子喊："停，重念！"

儿子一连念了5遍，迈迈都是在同一部位让他停，理由都是他念错了。等念到第六遍，迈迈的儿子不耐烦了，他的表情告诉迈迈，他在酝酿着怎样发怒。

但是迈迈是威严的，依旧坚持让他重念。迈迈的儿子这回有了反应，他突然冒出一句："君让臣死，臣不得不死，母让子亡子不得不亡。"儿子在反抗，迈迈把脸扭向一边，偷偷在笑。

事情很快峰回路转，主动权很快不在迈迈手中，它像瞬间转变的风向，让迈迈所有的努力转瞬即逝。就在迈迈儿子吐出这句话不久，迈迈儿子把自己舒舒服服地躺在床上，他不再像刚开始时那样循规蹈矩，他把一只腿放在另一只腿上，不住地晃动着小脚丫，根本无视迈迈的存在。他像出入无人之境，开始旁若无人地大声朗读起来："城东有个公园，公园里有老虎、狮子、大象，还有小鸟……"

这回迈迈的儿子全然不顾迈迈的阻拦，迈迈一连喊了好几次停，他都丝毫不去在意，他一味地滔滔不绝地念下去。迈迈忍不住拽了他几次衣襟，他都酷似一点儿没有感觉。他大声朗读，声音越来越洪亮，抑扬顿挫，而且把一篇文章毫不停歇地一气呵成，还适当地增添了感情色彩。

文章念完，迈迈的儿子把手中的书往床上重重一放。他郑重地向母亲宣布,他说："我根本就没有错，不能你说我错我就错，不能你让我停我就停，我要听我自己的，只有我自己才知道我在做什么！"

迈迈惊呆了，她装作去厨房，离开了儿子。刷碗的时候，迈迈落下了欣慰的眼泪。

迈迈心里想，儿子，好样的，这才是妈妈希望的。

勿忘守正

这是一家开发软件的电脑公司，数以万计的软件从这里进进出出。

师傅雷阿把程小调领进门时对他说："好好学，师傅对你有一说一有二说二，用不上 3 年，你准超过师傅。"程小调听了，就把师傅的话牢牢地记在心里，有空没空就想——超他。

软件公司里程小调年龄最小，却最聪明。雷阿选他时，方式也特别。那天下大雨，雷阿没带伞，在一家屋檐下避雨，就听背后一阵游戏机"轰轰隆隆"地响，雷阿走了进去。

50 余名孩子都在玩游戏，雷阿看了一圈，就站在了程小调

面对世界 举杯

背后。此时的程小调正杀得昏天黑地,他的套路让雷阿一看就喜欢上了。程小调诡谲机智,出手不凡,不是一般思维。

雷阿对程小调说:"别杀了,我是警察,跟我走吧。"程小调愣了愣,停下了。

什么也不能让程小调停下,只有警察。昨天他没钱打游戏,从同学兜里拽出两元钱,端了老板的赌博机,两小袋子游戏币就在他的脚下。程小调以为老板告发了他。

雷阿领程小调到了自己的公司,给他讲了许多软件研究的原理和前景,程小调顿时就喜欢上了这里。雷阿拍着程小调宽宽的脑门对员工们说:"这个世界,只要程小调感兴趣的,没有不成的。"

程小调果真不负所望,没到一年,就研究出一个令人耳目一新的软件。这软件是专门对付色情片的,就是只要身体的裸露度超过人体的三分之一,它就可以直接遮屏。原理在于通过计算面部和四肢图像,加之整个肤色面积比例和分布,来判断网站中是否有色情图片。

程小调的发明把雷阿乐坏了,仅这一项他就能获利50万。高兴之余,他领程小调来到全市最高档的电脑城,指着琳琅满目的电脑对程小调说:"你挑,挑最好的。"

程小调没有挑最好的,他选了一台中档品牌的。雷阿说:"你干什么?给你买,你就尽兴,过这个村就没这个店了。"程小调说:"我有要求。"雷阿说:"你说。"程小调说:"新买的这台放在单位用,单位那台我想搬回家里用,夜里醒来我也可以上网搞研究。"雷阿一听,说:"行,就按你说的,搬回家用。不过我可跟你说,不能玩游戏,要一心研究软件,再研究成了,师傅还给你奖励。"

程小调高兴了,一口答应。但是电脑搬回后,他还是玩了一会儿游戏,不过很出乎他的意料,他对游戏好像突然没了兴致,只玩一轮,他就下来了,鼠标一阵乱点进入一家网站。这家网站声称加入他们的金属链可以一夜暴富,程小调也想一夜暴富,但他没有加,他知道他们在骗人,就想制服他们。

制服他们,师傅有办法,但是程小调没用师傅,他想超师傅,他想自己找办法。

弄软件收拾一个小网站,对程小调来说不算太费劲,但是要捣毁它就得连同所有的网站,程小调年轻,没去想这些,他当务之急就是消灭这个网站。

病毒研究是一项很尖端的事,程小调足足花了一个月的时间,终于把它做了出来。程小调还给它起了个名,叫"3只熊猫"。这天他趁单位没人,在自己的电脑上,把所有的数据又重新订正一遍,想在夜里把"3只熊猫"发布出去。

他可能是太认真了,没发现师傅雷阿站在他身后。待到雷阿和他说话时,他吓了一跳。雷阿只扫两眼就明白程小调在捣扯什么,雷阿说:"要守正,不然你永远超不了师傅。"

雷阿说完,扔给程小调这个月的额外奖金就走了。程小调望着师傅的背影想着师傅的话,想着想着,思路又回到了那句话上——超他。

深夜2点钟,程小调到底把"3只熊猫"发布了出去。这一下震惊了互联网,所有的网站一时间抛锚停摆,雷阿的公司也不例外。雷阿迅速组织骨干力量研究反病毒。其实程小调在研究"3只熊猫"时就有了破解的办法,但他这会儿不想交出来,他要看看金属链那家网站,还怎样一夜暴富。

程小调这下可惹了大祸,只是他自己不知道。企事业、火车调度、机场雷达、科研电子,全部都处在瘫痪之中。公安局立即进行网上追踪,查"3只熊猫"的下落和发源地。

程小调很得意,他认为没人能找到他,他在处理这些事之前做了严密的遮蔽。只有一点他不放心,就是他留了"3只熊猫"

的名字。他太喜欢这个了,因为他的师傅小名叫熊熊,师傅的儿子长得像猫猫,而程小调觉得他的师母更像熊猫,"3只熊猫"就这么得名了。

程小调的担心应验了,公安局正是寻着"3只熊猫"的线索找到了他,这下程小调不承认也没辙了。去公安局受审的路上,师傅雷阿亲自护送。程小调把"3只熊猫"破解的办法告诉了师傅,之后他说:"师傅,我这算不算超你?"雷阿看着眼前这个孩子,想说不算,可破解的办法他一生也达不到;想说算,又觉不妥。雷阿就把要说的话改成了沉默。

 洗　　澡

学校有两个澡堂,两个澡堂一墙之隔。早6点到早8点是男生的洗澡时间,下午6点到晚上8点是女生的洗澡时间。老师在小一点儿的澡间,学生在大一点儿的澡间,每次洗澡进5个人,不得超过15分钟,这样的设施已经比其他学校强多了。

我和小打糕这天早上早早起来,准备去洗澡。小打糕是我最好的朋友,我们俩一个寝室。不久前我们俩曾做了一件大事,把邻班的周吹皮给揍了一顿,周吹皮总是牛,我和小打糕都烦他,说他是杀猪时的吹猪匠。

吹猪匠在我们村是一景,杀猪时往猪喉咙处捅一刀,猪死后在后腿割个口,把铁条伸进去一阵乱捅,全身捅个遍后就吹气,直到把猪吹成一个大圆球,再抬上灶台,往猪身上浇开水,用刮刀刷刷往下刮毛,毛掉了,猪皮就白白亮亮了。

周吹皮的光荣称号,就是这么得来的。

周吹皮挨了打，他不敢吭声，吭声我们还揍他，他就只有带着满脸的血痕回班级了。周吹皮不吭声，他的老师却不让了，他找到我们老师，非要把我和小打糕交给他处理。我们老师当然不会把自己的学生交给别的老师，但又不能不依着周吹皮的老师，就把我和小打糕叫到他们办公室，让我们俩像钉子一样立在他俩办公桌的过道上。

我和小打糕一站就是一上午，期间有批评、开导、反省、质问，这些都由周吹皮的老师来完成。我们老师则低头批改作业，一声不吭，连看我们一眼都不看，俨然我们不在他跟前，抑或不是他的学生。

时间持续到了吃中饭，周吹皮的老师一点儿也没有放我们走的意思，他自己被我们俩气得也不想吃了。眼看着就过了饭时，我们老师才放下手中的笔，对周吹皮的老师说："别生气了，中午我请你。"然后又对我和小打糕说，"赶快吃饭去，上午的课程我当加倍罚你们。"

我和小打糕被特赦，撒丫子开溜了。我们像两只饿虎扑进了食堂。

可是事情并没有完结，而且超出了我们的想象。虽然周吹皮的老师没再批评我们，可是一到他的数学课，我们俩就遭了殃，他总是拣我们俩不会的提问我们。我们答不上，就得站着听别人答，别人答过了，坐下了，我们也不能坐，直直地像麦秆一样戳到下课。

这天班级集体劳动，去给五保户丁奶奶家收麦子。我们班和周吹皮的班刚好挨着，我和小打糕趁人不备，把周吹皮按在麦地里，佯装要揍他，周吹皮早吓得尿了裤子。小打糕对周吹皮说："回去和你们老师说，我们仨成好朋友了，让他不能再让我们站着听课了。"周吹皮满口答应，并发誓如他不说，就天打五雷轰。

面对世界 举杯

我忙制止周吹皮，让他不能这么说，而是告诉他们老师，我和小打糕每天放学都为他补课，和他结成献爱心对子了。周吹皮忙向我保证，不说是小狗他爹。

周吹皮说没说，我们不知道，反正那以后周吹皮的老师对我们好一些了，上课不罚我们站了，我们答不上的问题，他会先给我们一个正确答案，然后细致地给我们讲其中的道理，他这样，我们也不得不对周吹皮好一点儿了。

由于割了一天的麦，我们出了一身的臭汗，身上的泥巴一搓就像饭粒一样往下掉。好不容易熬了一夜，第二天天刚亮，我和小打糕就站在了澡堂前，澡堂的门一开，我们以最快的速度"嗖"地钻了进去。

和我们一同进入洗澡间的还有我们班其他3名同学，我们一人占了一个水龙头，像5条小白龙嬉闹着互相往身上撩水。水花飞溅夹杂着我们欢快的笑声，忽然一个同学撅起嘴唇，做了个禁止说话的动作，他告诉我们，周吹皮的老师和我们老师在另一个洗澡间。

我们一起竖起耳朵，想听听声音，验证一下虚实。果然听到了模模糊糊的说话声，为了准确起见，我们5个同时关了水龙头，赤条条立在那屏住呼吸，这一回说话声不再模糊了，很清晰，确实是我们老师和周吹皮的老师。

他们一边洗澡一边说话。

就听周吹皮的老师说："你们班那两个捣蛋鬼变好了，居然和我们班周抗结了爱心对子，用放学时间给周抗补课，周抗现在比以前学习好了。"周抗就是周吹皮，鬼才知道他怎么有个这么好听的名字。

我们老师说："这他们倒没和我说，不过我相信他们会一天比一天见出息，就跟小树似的，平时疏忽，不一定经营得过来，可是冷不丁一回头，发现它们比原来长高了一头。"

水声哗哗,我和小打糕都打了个愣。

不知谁首先打开了水龙头,接着我们一个一个全都打开了。水流山泉般唱着歌直泻下来,流在我们脸上、身上,温暖而舒畅。我和小打糕不约而同加快了速度,我们想快点儿洗完,然后好去找周吹皮,和他结成爱心对子。

少 年

列车在沃尔平原上前进了3个小时,丝毫没有减速停下来的意思。它的内燃机出现了故障,紧急制动阀失灵了,列车长尤放急得满头大汗。

尤放命令司机,必须在两小时内将机器修好,不然全乘务组成员及乘客将无一生还。可是已经晚了,火车的心脏老化了。在这上不着天下不着地的地方,想医好它比登天还难。司机急红了眼,说:"没办法了,唯一的指望就是请求指挥中心做好扳道工作,尽量减少不必要的损失。"

龙放深知司机说得没错,他也深知,全车1500人的生命就将毁于一旦。

列车长尤放走进广播室,将一张纸条递给播音员,然后自己到车长室吸烟去了。

广播里立即传出女播音员这样一段话:"各位乘客请注意,火车临时出现小故障,有关人员正在组织抢修,大约一小时内会排除。为稳妥起见,列车长动员全体乘客,把你们最需要告诉亲人的话写下来,有条件的乘客可用手机直接与家人联系。"

女播音员的话音一落,全体乘客立即出现了瞬间的静止,

面对世界 举杯

人们的头脑里迅速盘算着这次事故的分量。两分钟后,车厢里出现了慌乱,乘客像炸了窝。

与这极度的吵嚷、烦躁、愤怒相比,15车2包厢却出奇地安静。这里有3位乘客:一位老人,一位年轻的老板,还有一位六七岁的少年。他们都是男性,相互间根本不认识。少年长得很好看,很讨老人与老板的喜欢,他们老早就想和他搭话了。可是少年没有搭话的意思,他一直不停地翻动他的卡通书,听他的随身听,一只小脚丫还不住地打着拍子。

广播里的消息让每个人都很紧张,老人和老板也不例外。但是有少年在,他们在极力压制着自己的情绪。老板站起身,他想去外面打手机,他有一个1000人的大厂,他要交代一下工作。但是车厢里的人都挤在过道里,嘈杂一片,年轻老板想了想又坐下了。但他在心里决定,无论如何不能影响眼前的孩子,他太小了,生命刚开始就面临结束。

老板把手机贴在脸上,力争把声音放得平和。他说:"喂,你好吗?和你说件事,家里饭锅里的饭不到万不得已的时候不能动,穿戴该发下去都发下去,有病也要挺下去,怎么难也要挺下去。"

他是在给他的妻子打电话,他用的是他们经常说的暗语,"饭锅里的饭"是他们家存在银行里的钱,"穿戴"是工人的工资,"病"是他们前行中的困难。老板说完这些,又说"我不方便",就把电话挂了。

只有老人听出弦外之音。老人对年轻老板的做法非常满意,他的眼睛一直在盯着眼前的孩子,他想不能搅扰了孩子,正在发生的事最好让孩子浑然不知,因为他的世界是没有风雨的世界。

老人看年轻的老板把自己重要的事安排完了,就和蔼地对他说:"我的手机没电了,能借你的用一下吗?"

老板把手机从包里掏出来递给老人,老人拨通了电话。老

人的电话也是打给妻子的,老人说:"唱诗班的课你替我去上吧,重点还是那首《同心掰饼歌》。"接着老人又说,"我顺路到另一个城市去,这件事拜托了,每晚的时间不要改变。"

电话挂了,年轻的老板明白,老人是牧师,怪不得面对死亡如此的平静呢。

列车依旧疯狂地奔跑着,乘客在乘警的维护下也渐渐趋于平静,他们已经接受了现实。年轻的老板对老人说:"我们睡一会儿吧,也许一切结束于梦中会很轻松。"

老人摇摇头,他说:"我们的任务还没完成呢,我们要守护他,他会吓着的。"老人的下巴点着少年。接下来他们开始了认真的守望,他们唯恐死亡来临那一刻,会吓着眼前这个刚刚绽蕾的生命。

一个半小时以后,列车在沃尔平原上像一匹暴躁的烈马,疲倦地嚎叫一声后戛然停住,人们在猛烈的制动中打了个大大的趔趄,之后是一片不可遏止的欢呼声。

列车长尤放走进 15 车 2 包厢,他很兴奋,脸色通红通红。他向躺在床上听随身听看卡通书的少年说:"儿子,我们终于可以回家了!"少年一跃而起搂住了他的脖子,少年说:"爸爸,我就知道你准是英雄!"

尤放抱起少年向包厢外面走,就在他要走出包厢时,少年突然回过头,对愣愣地看着他的两个人说:"多谢一路关照,可是牧师,你知道《马太福音》第 29 章最后一条是什么吗?"

牧师被这突如其来的问题问住了,他来不及思考就摇了摇头。少年说:"我来告诉你们吧,是向前、向前、向前!"少年攥紧的小拳头在空中不住地摇动着。

列车长把儿子抱走了,车厢空了起来。半晌,年轻的老板问牧师:"他说得对吗?"牧师回答:"他说得对极了。但是《马太福音》只有 28 章,没有 29 章,也没有向前、向前、向前。"

思 念

俄侨娜塔莎，酷爱哈尔滨，尤其喜爱秋林公司的红肠和像草帽一样大的列巴。列巴就是面包。小闹就是她在买大列巴时认识的。

小闹是个女孩子，在秋林公司做营业员，乐善好施。看到娜塔莎排队很费劲，小闹先是给她拿个凳子坐着排，后发现她每隔半月必出现一次，就和娜塔莎承诺，给她送货。娜塔莎老年得友，求之不得，两条硬腿终于不用迈动，就能吃到她喜爱的红肠和大列巴了。

娜塔莎在黑山街有一处小房子，她常约小闹去住。去住不为别的，只为让小闹听她唱俄罗斯歌曲，《喀秋莎》、《俄罗斯郊外的晚上》，娜塔莎会把它们唱得别有韵味，像孩子一样地在地中间舞来舞去。常常是一楼人都睡了，她们还意犹未尽。

这样快乐的日子，在小闹没结婚之前行，结了婚有了丈夫就力不从心了。这可愁坏了小闹，也愁坏了娜塔莎。有一段时间，娜塔莎为这事病了，再吃列巴就不那么香了，小闹再送列巴来，看到上一个列巴都长毛了。

小闹就和丈夫把这事讲了，并提出每周去娜塔莎家小住一夜。小闹的丈夫很通情达理，听小闹一说当即同意，可是看到小闹鼓起的肚子，沉吟一会儿还是说："这也不是办法，怎么才能有个权宜之策呢？"

权宜之策还是让小闹的丈夫想出来了，就是给娜塔莎安一部电话。

电话安好后，果然娜塔莎的病就好了，她高兴得如同个大鸟，每天在电话机前"盘旋"。晚上想小闹时，娜塔莎拿起电话就和小闹聊，听着小闹的声音就好像小闹就在她近前。小闹告诉娜塔莎，等孩子出生，让孩子叫她姥姥，如她喜欢就送给她了。娜塔莎高兴得眼泪都流出来了。

有一天晚上都11点多了，劳累一天的小闹刚躺下，娜塔莎的电话就打进来了。娜塔莎的声音有些哽咽，她告诉小闹，她的一位老朋友，上午10点去世了，他是她在哈尔滨的最后一位俄侨朋友了。娜塔莎泣不成声。小闹明白，娜塔莎思念的不只是那位朋友，还有她背后那个鲜为人知的民族——中东铁路事件以后，父母移居远东，娜塔莎出生在哈尔滨。

小闹怕娜塔莎老迈的身体支撑不住这巨大的悲伤，就神情一转，为她讲起一段故事，小闹相信，这足以成为使娜塔莎停止流泪的力量。

"1941年，苏德战争爆发，德军分3路夹击苏联，不到一个月，近百万大军直逼莫斯科。7月中旬的一天，莫斯科城里，新编的红军开赴前线。在送行的人群里，莫斯科一所学校的女学生唱起了《喀秋莎》：'正当梨花开遍了天涯，喀秋莎站在峻峭的岸上……'姑娘们用这首爱情歌曲为年轻的战士送行，官兵们向姑娘们行军礼，他们眼含泪水，伴着歌声走上了前线。几天后，在极为惨烈的第聂伯河阻击战役中，这个师的官兵几乎全部阵亡……"

小闹讲完这个故事，又加了一句，你就是喀秋莎。

娜塔莎果然不哭了，但紧接着，娜塔莎的歌声通过电话响了起来："……驻守边疆年轻的战士……勇敢战斗保卫祖国，喀秋莎爱情永远属于他……"

娜塔莎就这样唱着，直到深夜。后来小闹也跟着唱起来，再后来小闹的丈夫也加入进来。这以后，每天晚上9点到11点之间，小闹家的电话总是如时响起，娜塔莎苍老沙哑的声音总是浸满喜悦和忧伤，在两部电话间像云朵一样环绕。

面对世界举杯

夏日的一天夜半，电话铃又响起了，但是这回小闹不能接了。她肚子痛，孩子临盆了，助产士已候在床边。那个时候大多数妇女生孩子都在家，小闹舍不得花钱去医院，自然也在家。

小闹听到电话响，从阵痛中抬起头来，把丈夫叫到她的房间，嘱咐丈夫，别告诉娜塔莎她在生产，一定听她把歌唱完，一定与她一同歌唱。

那时候的娜塔莎，什么时候把自己唱困了才会放下电话。小闹每晚的任务就是伴她歌唱，伴她入眠。小闹知道这世界没有什么能牵动娜塔莎了，只有这些俄罗斯歌曲，她祖国的声音，每每让她心弦振动。

但是那天晚上，娜塔莎唱起来没完了，她一首接一首，《三套车》、《山楂树》、《伏尔加船夫曲》，轮着唱，直到凌晨，孩子的一声啼哭，才让娜塔莎停止了歌唱。她开怀地笑出了声，露出残缺不全的牙齿，她对小闹的丈夫说，这才是世界上最壮美的歌声。

孩子长到5个月时，娜塔莎离世了，哈尔滨一代俄侨的歌声也随之结束。但是孩子已养成习惯，入眠时必听俄罗斯歌曲，不听他就哭，不听眼泪就像雨水，源源不断。小闹只有为他买一个录放机，天天为他放《喀秋莎》，他听着这首歌，入睡了，睡时脸上常常漾出幸福的笑靥。

又过了两个月，孩子会爬了。有一天，他的一个动作把小闹惊呆了。他无比快活地爬到床头的电话机旁，拿起话筒，"呀呀"地唱，小闹居然听出他在唱《喀秋莎》，虽音不准，小闹还是看到了那一头的娜塔莎。

非常邻里

小路原来住在我们单元的一楼,和他父母一起生活。他父母50多岁,小路也有30岁了。前两天小路结婚了,搬出去住了,房子是早准备下的。没结婚前常看到小路的父母一早一晚一前一后出来,结婚后就只看见小路的父亲常出来买菜倒垃圾,小路也时不时骑着摩托车回家看看。

小路回来从来都是在门洞外面就把摩托车熄火,推着摩托车走大半圈才绕到父母的单元门前。我上下班常碰上小路,这次碰上就说:"小路,你回来了?"

小路说:"回来看看老爸老妈。"小路又补充说,"我妈都有3个月没起床了。"我忙问:"什么病呀?"小路回答:"心脏病。"我就说:"那是要注意一些。"

小路曾到楼上给我修过电脑,有一段时间我的电脑总是死机,我又不是很懂电脑维修,就想该求谁帮忙看看电脑呢?楼上楼下都让我想遍了,也没想起一个比较合适的人,就走出去想到街上看一看有没有修电脑的。从5楼下到一楼时,单元电子门有钥匙扭动的声音,我就站在那儿等一会儿让那人进来,进来的是小路。

那时候我和小路还不熟悉,只知道他住一楼。但是他的年龄还是引起了我的注意,因为会电脑的都是年轻孩子,小路年轻,肯定会修电脑,我就开口拦住他请他帮我看看电脑。小路没谦虚,就跟我上了5楼,我们就这样认识了。

我给小路找了烟,找了水果,小路一律都没动。他只顾看我的电脑,操作时可能由于他慌了点儿,一次次退回去重新找程序,发现毛病时,他的表情就像小孩儿似的夸张地张大嘴巴,并

面对世界 举杯

轻轻地叫出声。小路这个举动,让我认真看了看他,发现他的确年岁不算太大,也正是那天,我知道了小路正处着对象,要结婚了。

这一次碰到小路是在小区的大门洞口儿,所以我们有时间共同走一段路程。我手里拎着菜,小路掏钥匙替我开门。小路本可以自己先进去,随后我再进去,但是他没有,他把着门让我先进,他后进,我就想小路这孩子还真懂事。但是紧接着我又发现问题,小路进走廊没像其他人一样"咣当"一声由门自己弹回来,而是一点点把它拉上拉严。这我就无从解释了,好在转眼间我就到了2楼、3楼直至5楼,看不见小路,也就把小路为什么轻轻关门的事给忘了。

又一天上班,走到二楼时,就听见一楼有出门的响动。凭感觉这个人早该先我出门了,可是有好半天都没见动静,直至我下到一楼,才看清是小路站在他们的房门跟前,向上望着,见我下来他就说:"大姐,是你呀。"我说:"小路,你又回来看你妈妈了?"小路说:"是呗,我妈的病越来越重了。"我开了电子门出去,小路也紧跟着出去,他又同样地把门轻轻地关上。

这个细节我注意到了,却没往深想。我等小路用钥匙开摩托车,然后和他一起走过长长的院落。其间我没什么可说的,又不想沉默,就扯到上次修电脑的事,就说:"小路,我还没感谢你呢,那电脑自那次你修好以后一直没坏,挺受用的。"

我只是夸张了一下,没话找话,没想到小路却认真起来了。他说:"大姐,你要真想感谢我,就帮我个忙。"我马上说:"行啊。"心里却在想,小路会有什么事让我帮忙。小路大约看出我的心思,他说:"其实这事也挺好办的,就是需要经点儿心。"我装作大度,说:"你说你说。"小路就说了。

小路说:"大姐,你能不能每次开关电子门的时候,声音轻点儿,最好轻轻地把门扇送到门沿儿里。"我问:"为什么?"小路说:"电子门反弹的声音太大,每次我妈听了都要心脏不好受半天。"我这才想起,小路家住的一楼离电子门最近,对于一个心脏病人来说,确实噪音挺大。我说:"小路,这点儿事不算事,我向你保证一定做到,可是我要问你,只有我们两个这么做,电子门还是减少不了它的振动,你知道这个单元住着 14 户人家,按一家三口算,每天出入也要 100 多次。"小路说:"管不了那么多了,尽我的力量能做一点儿是一点儿了。"

　　这次和小路分手,有很长时间没有看见小路,原因是我忙着写东西,班也不按时上了。但是有时下楼时我还是偶尔能看到小路的父亲,有心想问问小路母亲的病情,也不好开口。但是对小路的承诺我还是没有忘记,每天出门我还是按小路的嘱咐,轻轻地开开,再轻轻地把门送回,长此以往,这成了我的习惯。

　　有一个星期天,我上街采购,给儿子买被子、买学习用品,还有足球等。儿子要上大学了,能想到的我都给他买了,结果是越买越多,最后连盆子和衣挂都买了,总之满满的几大塑料袋东西拎着都费劲了。到了自家的楼房跟前,我突发奇想,这若是碰见小路多好,能帮我拎拎东西,也好把电子门按要求关好,这么大一堆东西这电子门不定怎么关呢。

　　我没碰上小路,却遇到了电子门没锁,一扇门和另一扇门只差那么 3 毫米没关严,却表明那门没有锁,这就免去了我费力掏钥匙了,不禁心中暗喜。我转念一想,是谁没有锁电子门呢?一定是小路。如果电子门不是坏了,除了小路,大约没有谁会像小路那样牵挂母亲的了。

　　儿子的录取通知书到了,是省内的一所知名大学。虽然考试时正逢儿子身体状况不佳,影响了成绩,但是我和丈夫都很满意。"到哪学不一样呢,关键是自己,有理想没实现别着劲儿,考研究生不就行了吗。"儿子听我们一说,也就掉两滴眼泪以

第二辑　思念

面对世界 举杯

示委屈，然后找乐玩去了。

单位的同事知道儿子考上大学了，不依不饶，非让我安排一顿，说现在不庆贺还待何时，总不至于像小冯，孩子都5个月了，满月饭才补上。我和丈夫盛情难却，就在饭店安排3桌，把同事们有一个算一个都请来。请到小冯那儿还真就出了点儿麻烦，她的好朋友杜杜领着孩子去她家了，她要在家给杜杜她们做饭，问我今天不到场行不行，我当然说不行，就提议她把杜杜她们娘俩一块请过来，大家一起乐一乐。

席间的欢乐是无与伦比的，大家都是些小年轻儿的，变着法儿子劝酒，一会儿你挨罚一会儿他挨罚，挨罚就是喝酒唱歌，其乐融融。

我和杜杜她们娘俩一张桌，和杜杜挨着，杜杜也和小冯一样三十二三岁，一看就是个很透明的人，爱说爱笑，心无芥蒂，一见面我们就有种相知恨晚、一见如故的感觉。儿子在用啤酒瓶盖儿和杜杜5岁的小女孩儿下五子棋，我们俩倒轻闲地唠起了家常，其间谈到我们家在哪个小区哪幢楼房住。我说出后，杜杜说："那你和小路他们在一幢楼呵，那幢楼房我去过。"一听说杜杜和小路熟，我就一下子觉得和杜杜比原来亲切许多。我说："我们一个单元。你们怎么认识？"杜杜也是个实在人，就叹了口气说："都是我那侄女，跟小路处朋友又不处了，惹得我们亲戚也做不成了，我丈夫还每天怨声载道。"我明白了杜杜的意思，是她老公那一头和小路家有一些关系。

我说："小路不会那么偏狭吧，这种事是两相情愿的事，他不会不懂。"杜杜说："不是他不懂，是我们不懂，是我和我丈夫不懂。"我就问："问题出在哪里呢？"杜杜说："要说这都怨我那侄女，她和小路也不是没感情，就是嫌人家父母，说一看到他们心里就犯堵，就睡不着觉，弄得我们也不好深劝她。当时做媒的是我丈夫，弄得我丈夫也不好做人了。"

我说:"那当时你应该做做你侄女的工作,既然有感情,就别在乎父母,谁都有父母,都有老的时候,这也是在所难免的。"

杜杜自己抿口酒说:"谁说不是,我们也是这么劝的,可是我这个侄女从小在我妈那里长大,我妈已经把她惯成形了,什么事都以自己为大,一点儿不让人,连她自己的弟弟都得让她三分。你说这样的孩子能进什么盐酱儿。"

见是这么种情况,我也只有跟着叹气,觉得她侄女的性格真是有些奇怪。

杜杜的酒量好像很大,自己独自喝了一杯,又斟了一杯,又给我的杯添满,说:"咱们初次见面我就拿你当朋友,你能告诉我,小路他现在处对象了吗?"我说:"我是听小路跟我说的,他已经结婚了,在外面住。"杜杜说:"那他的父母还好吧?"我就笑了,我说:"你还挺关心他们的。"杜杜不好意思地笑笑说,你不知道,我侄女说那老太太信佛,瘆得慌,满屋子都是佛像,大大小小的,一转身就吓一跳。

我来了精神,说:"是吗?我说我怎么有时听到一两段佛乐,原来是从他们家传出来的。"杜杜说:"关键是小路也帮着他妈信。一想到小路那么五尺身躯的汉子也会信佛,我就有些惊讶,转念一想,也许小路是为了母亲吧。"杜杜见我半响不语,就说:"其实信也没什么,只是我那侄女有点儿疑神疑鬼,吃不消宗教信仰,好端端的一个婚姻就那么完了。"

我们一时无话,一起把目光投向另外的两桌儿。小冯就在他们其中,一桌人不饶过小冯,非让小冯喝酒,说她得了儿子理应喝酒。

转眼间我们这桌就有人吃完了,他们陆续起来到房子中间跳舞。我问杜杜:"你不想跳舞?"杜杜摇摇头,她看着房子中间的人,似乎不感兴趣,停了一会儿,她说:"其实小路也是个木讷的人,女朋友吃不消母亲,那是早晚的事。他应该在

面对世界举杯

中间权衡一下，要不也不至于耽误自己好几年，早抱儿子了。"

我这才说："小路的母亲现在有病了，好像挺重的，是心脏病。"杜杜听后既惊讶又不惊讶，她说："那是老病，我二姑早年就有那病。"我说："你们是怎么个亲戚？"杜杜说："我丈夫的姑表亲。"我说："那就是说，你丈夫的父亲和小路的妈妈是表兄妹？"杜杜说："是的，我二姑不生孩子。"

这让我非常吃惊。她二姑不生孩子，那小路是哪来的呢？我说："你是说小路不是你二姑生的？"杜杜说："是我二姑捡来的。我二姑早年愿意一个人出走，一走就是好长一段时间。有一回出去，回来时就带回个孩子。"

我拦住杜杜的话题，我说："你等等，是出门还是出走？"杜杜像小孩子不会撒谎一样很肯定地点点头，她说："出走。"

杜杜的话让我多少产生些联想，想问点儿什么又不知从哪问起，就想这小路的命可是够苦的了，弄不清身世的原委，弄不清自己的来龙去脉。这时候一直在圆桌的另一头儿玩五子棋的杜杜的女儿跑过来，拽住她妈的手伏在她妈的耳边说着什么，杜杜听了立即不悦，说："那怎么行，你知道阿姨忙不忙？"小姑娘听后就要哭，我忙把小女孩拉过来，我说："什么事跟阿姨说，阿姨保你满意。"这话很奏效，小姑娘立即提出要求，原来她是想上我家跟她的小哥哥玩航空模型。

我儿子平时除了上课、玩足球，再就是喜欢设计航空模型。他设计的小飞机还个个能飞。刚才儿子肯定向小姑娘吹嘘了，惹得小姑娘哭叽叽的。

我拉着小姑娘的手说："这还不好办吗，一会儿你跟阿姨走就是。"小姑娘喜上眉梢。她妈妈立即说："这孩子，也不管别人忙闲。"

小冯忙着回家给她儿子吃奶，她是不能跟着我们去的。我就把剩的三大桌子菜拣好的打包，同杜杜她们娘俩还有儿子一起，有说有笑地打道回府。

打开单元门，两个孩子先跑了进去，我学着小路的样子让杜杜先走，然后自己轻轻地关上门走了进去。由于门不响，声控灯不敏感，楼梯有一小块儿是黑的，我和杜杜就只有把脚步放慢。就在这时，一楼小路母亲家的房门被推开了，接着小路的父亲出来了。

小路的父亲个子不高，背有点儿佝偻，左眼有个玻璃花，看人像狠呆呆的样子，正面瞅个头和杜杜一边高。杜杜恰好和他走个对面，杜杜就说："二姑夫，您去哪里呀？我是杜杜呀。"小路的父亲定睛看了看杜杜，说："你怎么这么闲呀？"杜杜说："我到楼上坐一坐，我二姑好吧？"小路的父亲不说好也不说不好，他的视线转向我，露出很吃惊的神色，那意思是原来你们认识？这时候我们就下意识地让开了楼道口的路而没在那截着，小路的父亲就走过去了，他开开电子门也像我和小路一样把门轻轻关上。

我们上了楼，杜杜再没有说话，她好像陷入某种沉思。等跟着我进了屋，把几包菜放在冰箱里，洗过手后，她说："其实我应该去看看我二姑。"我说："那你就去，他们是他们，你是你，我们把我们的心思尽到了，这是主要的，就不要管年轻人的事。再说了，都是过去的事，没必要牵牵挂挂。"

我们说着话，忘记了还没有关门。这时就恍惚觉得门口儿有动静，我们扭头一看，原来是小路的父亲站在那里。小路的父亲对杜杜说："你不过去看看你二姑？她常想起你，你趁这会儿看看她吧。"

杜杜看看我，没说什么，跟着小路的父亲就下楼了。我得闲休息一会儿，任长不大的儿子领着小妹妹嘻嘻哈哈地玩。

大约一小时后，杜杜回来了，她的眼睛红红的像是哭过了。

面对世界举杯

令我诧异的是她满脑袋是白米饭粒，白花花像一点点棉絮点缀着她的黑发。进屋她就直奔洗手间放水洗头，我忙把热水瓶给她拎去，她也没拒绝。

过了半小时，杜杜从卫生间出来，头发干净了，情绪也平定了。她说："我二姑想吃我煮的粥，粥煮好，我喂了她一半，她就犯病了，一口饭吐在我的脑袋上。"我说："是心脏病？"她说："不是，我二姑有精神分裂症。"我说："没有心脏病？"她回答："有，但主要是精神上的病。"杜杜的情绪很沉郁，我一时不好再问什么，给她倒了一杯凉茶，她没客气就喝了。

过了很长时间，我觉得心里还是放不下，就说："那小路呢？小路应该想想办法把她送到精神病院去。"杜杜说："她不总犯病。他们平时商定好的，不送我二姑去医院，我二姑清醒的时候知道自己在医院就哭，一哭心脏病就犯，他们就只有按我二姑的要求让她在家养着。"

杜杜说到这里，大约觉着把自己要说的话说完了，就从兜里掏出200元钱，说："这一百是给你家小孩儿的，上学了，是好事；这一百麻烦你过一会儿给我姑夫，我不想再过去了，今后也未必还能来。"

她说着喊她的小孩儿要走，我拦住她，我说："我只留给你二姑的一百，过一会儿我给他们送过去，这一百我不收，我们初次相识，以后的机会多着呢，来日方长。"杜杜不干，看得出她是说一不二的人，她说："这一次都赶上一辈子了，处一辈子也没我这么随便的。"我看杜杜态度坚决，就不打算在这件事上争了，想以后找个机会给她女儿好了。

说话间，她5岁的小女儿过来了。她高高兴兴地，手里拿着一个航空模型，她告诉她妈妈这是小哥哥给她的。杜杜就拉着女儿湿着头发走了。

杜杜走后，儿子噘着嘴从里屋气鼓鼓地出来了。他没好气地跟我说:"这是什么女孩呀?见什么要什么,什么好要什么,我最好的那个模型让她拿去了。"我禁不住笑儿了,我说:"这可是你请来的客人。"儿子不服地说:"我请她也没让她拿模型呀。"

我坐在沙发上想一会儿,不是想儿子,是想小路一家的事。看来这是一个与外界隔着一扇门的世界,是一个特殊的世界,他们在门里,我们在门外,外面色彩明亮,里面却不知藏匿着多少阴晴圆缺。

累了一个中午,我躺在床上就深深睡去,直到下午3点钟才起来,一睁眼想起杜杜让我送钱的事,就起身擦擦脸走到楼下。

3点钟正是各家各户放水的时候,走到3楼我就听到不知是哪间屋子自来水哗哗在放,越往下走声音越大,等我走到一楼,就看见一袭水流儿从小路母亲家的门缝儿,透迤着流出来,但是水痕已经洇湿了半个门。这就是告诉我,小路家的自来水冒漾了,从门的水痕看已经有半米高了。我一时着急,敲起小路母亲的家门,没敲几声,门"哗啦"一声开了,门一开像有水匣打开一样,冰凉冰凉的水向着我直泻而来,水里裹带着一些拖鞋。水本来激了我一下,门里的一个披头散发的女人又吓了我一跳。她穿着背心裤衩,眼睛瓦亮,见门外有人,一声高叫串到屋内,随后"咣"的一声把北屋的门推开,进去就再也不见动静了。

水"哗哗"地往外流着,湿了我的鞋和裤腿,而里面的水龙头还在奔腾不息地放荡,没人去闭。这种情况表明,屋里除了刚才那个女人肯定没人,而那个女人就是小路的病妈妈。

我没容多想趟水进卫生间去关水龙头,等从卫生间出来,我一眼瞥到那间刚才跑进人的屋子,从挡着的严严帘子的一角露着一双可怖的眼睛,那双眼睛充满惊惧和恐慌,让人不寒而栗。

关掉了水源,我忙从屋子里退到走廊,却发现自己没有了办法:关上门走开吧,又怕小路的妈妈再次把水龙头打开,我又进不去,屋里又没人,她也不会再给我开门了;站在这里等

面对世界举杯

小路的爸爸回来吧，又怕小路妈妈的心脏发生问题。好在我正犹豫间，二楼一家的一个小男孩放学回来。我像见到了救星，请他到楼上找我儿子，把我的手机拿下来，我记得我的手机里存着小路的手机号码，是小路上次修完电脑临走时留给我的。

男孩走后，我才喘口气，定睛看一眼刚刚被水淹没的地面，这一看不打紧，看见满地水淋淋的大大小小的金佛银佛，个个咧着嘴冲我笑呢。

无疑，这是小路的母亲在给佛洗浴呢。

时光在浑然不觉中溜走多少，谁也无法统计。你若盼它，它来得极其缓慢，你若疏远它，它也照旧在你窗前穿梭。有一天我正在阳台上侍弄花朵，电话铃不依不饶地响起来，看看来电显示是一个遥远的南国的区号，接起来却令我吃惊，原来是小路从云南打来的。小路开口就说："大姐，是我，我是小路。我有一件必须要做的事，想求你，你看行吗？"我说："行，只要我能做到你就尽管说。"

遥远的距离让我对小路的信任产生一点亲切之感，并想到人这一辈子不容易，谁能求到自己做点儿什么，真是能完成的话就该尽量完成的，这是一种充满依托的心灵的信任。

小路说："大姐，中兴路的'名花有主'花店有卖鲜花的，你明天一早过去买100枝白百合，9点钟的时候你把它送给我妈妈，8点半钟我会让我爸出去为我接朋友，9点钟你就可以送进我家了。"

我说："小路，你隔着千山万水还忘不了给朋友送花呀，从南国带回来不比这更有意义呀。"

小路不说话了，有半晌都沉默不语。小路一不说话，我有点慌了，我知道我话说多了，忙打圆场对小路说："这么点儿小事我能做好的，你就尽管放心，明天9点钟我保证准时送到。"

小路果然轻松多了，我听到他长出一口气的声音。

我想小路能长出气就表明他已如释重负，但是我发现小路并没有放下电话的意思，他说："大姐，我买花不是为了别人，是为我妈妈。每年的8月20日，我都要送我妈妈100枝白百合，不是代表儿子的心愿，是代表一个男人的心愿。那个人我不好说他是谁，但是我妈妈只要得到这些白百合，这一年她就会风调雨顺。"

小路把我当成了信任的人，这让我的内心隐隐有一种近似崇高的感动。毕竟我也是搞创作的人，是探索人类深层情感的人，对那些被人们业已忽略的心灵深处的储存与萌动，愿意投以关注的一瞥。我立即对小路说："不管他是谁，只要我们的行为能衔接一个人最初的情怀，我们都应该去做。"

小路沉吟了一下说："大姐，你不愧是作家，谢谢你给了我慰藉。"

和小路通话结束，我就等待明日的天明，并且立刻给"名花有主"花店挂了订购电话。第二天按小路的吩咐，9点钟整，我准时到了小路家的门前。一切都和小路的安排差不多，来开门的是小路的母亲，只是这一次她的形象和上一次我见她时判若云泥。这一次她穿着一件浅米色的休闲衫，一条纯白无瑕的裤子，令人意想不到的是，她把头发做得整整齐齐，额前还别了一枚深紫色的麦穗一样的发夹。不难看出，这是一个年轻时较有姿色的女人，她脸上的表情也稍稍趋向平和，没有了上一次的惊慌失措。

我把100枝白百合递到她手中，她行动敏捷地把它揽在怀中，接着她把她的脸深深地埋入那稠密的花朵之中。我明白她那是把那鲜活欲滴的百合当成了她恋人的脸，迷恋中带有不可自拔的深情与眷恋。

我帮她把那一大捆百合放入她早已准备好的花瓶里，本想

面对世界举杯

为她到厨房弄点儿水来放在里面，不想她自己早有打算，水就放在她的写字台上。做这一切时她很麻利，我觉出一切正常才有心思打量一下她的屋子。

看得出这间坐北朝南的楼房的北屋只有她自己居住，收拾得也还算整齐。屋子不大，只放一张床与一个写字台，墙上悬挂着大大小小的照片，照片上却都是一个人。起初我以为这个人一定是小路的爸爸，可是不论我怎么设想，那照片都看不出小路爸爸的任何痕迹。我禁不住逼迫自己承认，那就是每年应该送小路妈妈100枝白百合的那个人。可是那个人是谁呢？他到底在哪呢？

我不便久留，绕到外屋想看一看另一间屋子。我和小路妈妈在一起时觉得她很像一个正常人，可是当我离开她的那一刻，看到她离正常人还是差着远远一大截。她有她自己的世界，她的世界终究属于臆造而不是现实，她已沉浸其中。我到底还是没有她的白百合重要，她无视我的来去。

她家的南屋就是一个很一般的一个人居住的场所了，有一张单人床和一个衣柜，屋中破破烂烂，像是一个没有妻子收拾的鳏夫的房间。地上一些乱纸，床上一些乱衣服，有一床永远不知道叠的被褥。我不知这一切是从什么时候开始，抑或从杜杜说的小路妈妈出走开始，若是那样，小路爸爸的这一生可就太惨了，他干吗要守着一个空壳子过日子呢？

我的手机铃声乍响在这空旷的屋子里，我不禁想起那天小路妈妈给我留下的印象，心里一阵阵悚然。我探头看了一下小路的母亲，她似浑然不觉，白百合已让她看到了天堂。

出乎我的意料，电话是小路打来的。小路有些慌张，他说："大姐，我爸要回去了，这会儿你可以离开我们家了。回去再感谢你吧，请你吃饭。"

小路没容我说话就把电话撂了，我的心就像安了起搏器，"哐哐"跳个没完。推门而出时,我心里总像有什么事要弄清楚一样,于是我没上楼,而是直接往楼外走去。

楼下门卫室总是聚集一些人,我站在那里瞭望小路的父亲不太难。大约过了5分钟,小路的父亲从大门外走了进来,他有些垂头丧气,个子显得更矮了,看人就更狠呆呆了。门卫室的老王一见到他就喊:"老路,干什么去了?"小路的父亲看了看老王,他们似有一些交情,他本来是不想说话的,都要走过去了,可又迟疑了一下,还是说:"让我去接人,哪有什么人啊,害得我足足等了一小时,都是些喂不饱的王八羔子呵,变着法儿整我。"

他似乎还有撒不完的怨气,但是老王已经忙着去应酬别的了。

有了一些和小路家的接触,以后再从小路母亲家路过,我都要关注地听听屋中的动静,再关电子门时,比原来更上心了。一晃秋分就来临了,一晃9月份就来了。9月份一来,儿子就要离家上学了,儿子一走,我的日子就空了起来,心就空了起来。

把儿子送到学校。第一次离家的儿子瞅着我要哭,我忙和他爸左闪右闪左扯右扯,把他的眼睛扯得没了去处。儿子好唬弄,但是糊弄起自己就不容易了,我一路以泪洗面,弄得丈夫也无所适从,只好在火车上跟别人打牌去了。

儿子上学的第三天就是八月节,每逢佳节倍思亲,我想给儿子打电话。他们新生住的新寝,电话还没有安装,我又没有给儿子配备手机,联系一时成了困难。丈夫说:"你就不能老实坐一会儿,晃荡的我这难受。"我知道他也在想儿子,也在心烦,就不去理他。

时间到晚上10点钟电话响了,一看来电显示是儿子上学那个城市,一接是儿子,心里堵着的一块冰一下子化了,好像儿子来到跟前了。

儿子的声音很低沉，也不大，说："妈，我给你打电话，7点多来一次，那么多人，8点多来一次也那么多人，9点多来一次还那么多人，现在来才好不容易排上。"显然儿子是在校园的 IC 卡电话前。

我一听，眼泪"哗哗"就下来了。结果是我在这面哭，儿子在那面哭，儿子边哭边嘱咐我注意身体，别舍不得吃，别给他攒着，将来他能挣钱养活我们。反正都是些平时不知道说的话，地域的改变让它们有了登上舞台的机会。

和儿子互祝晚安后，我就下决心无论如何要给儿子买个手机，让儿子随时能和家里联系，也让我无论什么时候都能找到儿子。女人干什么总是一阵风，说干就干，尤其是为儿子。只要是为了儿子，我豁出命也在所不辞。

我把家里的现钱都凑到一起不过才 1300 元钱，有一张定期存单再有一星期就到期了，可是我可等不得，一星期能要我的命。我给小冯打电话，想到她那里拿 500 元，明天买完手机速速给儿子送去。

小冯痛快地答应了，可是第二天上班小冯给我打电话，要我到她家里去取，说她的孩子嘴里起了些白尖尖不肯吃奶，只是哭。我一权衡还是不能去，因为小冯的家太远，一折腾我肯定赶不上下午去儿子学校的车，我还想晚上赶回来呢。小冯看透了我的心思，就说："你去杜杜那里取得了，我和她说，她就在你买手机的那屋的隔壁，在电信存储那儿上班。"我同意了。因为我和杜杜通过那一次接触，毕竟是有些感情的。

由于是找杜杜，路过小路母亲家时，我特地观察了她家的动静，动静是没什么，却有比动静强烈多少倍的震撼。从小路家的门口，一滴一滴一分钱大小的鲜血一直向外滴去，到了电子门外，我看到那血还没有干，很显然是刚流过不久。我顺着血印向前走，一直走过院落，又走过大门洞，那血才一下子不见了。

我环顾左右，见旁边有一个常年在路旁卖水果的水果摊，就问卖水果的人知道不知道这血是怎么回事？流向了哪里？那人说："不知是哪个单元的一个小伙子，反正是你们院子的，他的鼻子一直在流血，一只手帕都流透了，后来就上出租车了。"

我的心一下子揪紧了，肯定是小路，小路从云南回来了。

到了杜杜那里我首先把这件事说了，杜杜说："我知道这件事，是我二姑夫用酒瓶打的。我二姑夫总是打小路，不喝酒还好点，喝了见谁打谁，有时他也打我二姑，但多半是打小路。"

"那他为什么总是要打人呢？"我问。

杜杜说："谁知道他，可能是心里委屈吧，我二姑年轻的时候本是不想和他过的，可是他为了不失去我二姑，把什么都忍了。只有喝了酒他才又什么都不忍了，不喝酒时他依旧还是忍。"杜杜又说，"对他来说只要我二姑在他身边，他不做什么都可以，他不沾我二姑的边儿他也愿意，但是我二姑若是走了，我敢保证他的命也活不长了。"

杜杜的描述让我不知说什么好了，我不知这世界还有这样的灵魂，是魂灵还是灵魂，到底是什么？为了什么？

杜杜是个爱察言观色的人，见我不语，她说："小路也不是可将就的人，我二姑说什么他是什么，比亲生的对我二姑还好。你看吧，小路早晚要做出出格的事。"

杜杜的话让我心里咯噔一下，忙转移话题。我说："那小路不知他不是亲生的吗？"杜杜说："知道，知道他也不在乎，小路也有小路的道理，毕竟是养育之恩呵。其实他十有八九真是我二姑捡来的，我二姑捡到他时已经疯了，因此谁也说不清小路的父母是谁。"我说："你二姑那会儿和你二姑夫结婚了吗？"杜杜说："结婚了，可她不爱我二姑夫，又不敢离开，所以就疯了。"我说："会不会是她自己生的？"杜杜说："可是没有人看见她

面对世界 举杯

怀孕呀。"我"哦"了一声,为他们家复杂的人物关系长久沉思。

从杜杜那里拿了钱,杜杜说她没事,要陪我一起去买,我们就到了杜杜的隔壁。我想买熊猫牌的,杜杜说买诺基亚的,我正举棋不定呢,杜杜的眼睛僵在了那里。杜杜说:"小路,他在交手机费呢,不如让他给拿个主意,他是男人,男人都比我们明白。"

杜杜没等我同意,就去了小路交费的柜台,和小路一说,小路就很欣然地跟着走了过来。来到我眼前的小路,鼻子上粘着一小块纱布,鼻孔里细看能看到血迹。他虽然脸上带着笑,可是我和杜杜还是能察觉出,他眼里残存着几丝没有消失干净的忧伤。

小路说:"要我说,我哪个也不同意。熊猫的就是样式好,机心是国产的,使用起来靠不住,国产机子都是靠外表美观,但不长久;诺基亚虽然是国外的,但新型的多是直板,大学生愿意要和弦乐并且携带方便的。我看就要托普吧,便宜,还比熊猫的耐用,主板是进口的。"

经小路这么一说,我们茅塞顿开,就由小路代劳,给我们选了一个40音乐和弦的彩屏托普手机。手机一到手,果真物美价廉,令人喜欢备至。

而小路做这些时却超乎了我们的想象。他非常认真,就像精心挑选一件自己需要的东西,我们看不出他刚刚经历过不愉快的事情。杜杜忍不住几次把目光投到他的脸上,由于不好开口,担忧始终挂在她的脸上。

几天以后我到杜杜那里还钱,杜杜从柜台里出来,把我拉到沙发上坐好。她小声对我说:"你知道小路和我二姑夫闹翻了吗?"我愣怔。杜杜说:"我二姑夫早年是杀猪的,他对付我二姑的手段就是如果我二姑离开他,他就满门抄斩。"我说:"你别听他吓唬人,真要离开他,他就没辙了。"杜杜说:"你还真说错了,我二姑夫把我二姑当成了自己的命,他的命一旦没了,你说他还在乎什么?"

我倒吸一口冷气，眼前出现那个佝偻着腰，一喝酒就打人就委屈，看人狠呆呆的倔强的老头儿。

和小路一家的相处，由于我去母亲家而中断了一段时间。一个月后的一个中午，我从老家兴城赶回这个城市，刚到屋电话铃就响了，我接起来一听，是久违了的杜杜的声音。我说："这么巧，我刚下车，走了一个月了。"

杜杜的声音很清脆，迟疑了一下，单刀直入地说："你累不累？我有话想对你说。"

我说："我不累，累我也想听你说。"

杜杜就变换了一种语调，说不出是亢奋还是忧伤。她说："告诉你一个好消息，小路趁他父亲不在家时，带着他的母亲走了。他背着他的母亲，走时那个壮观，一院子的人都送他。有一个叫老王的门卫说，小子，有种嗳，我活这么大岁数，还没见过这种稀罕事呢。小路就告诉众人，让他们转告他的父亲，说他为母亲找到她一直都思念的人了，他要把他母亲亲自交到那个人手上，让他母亲这一生也过一过正常人舒展的日子。他还说，他母亲一旦见了朝思暮想的意中人，她的病一下子就会好起来。好多邻里都为小路鼓掌，只是谁也搞不清他们到底是去了哪里。"

我受了鼓舞，顺口溜出："我知道。"

杜杜问："哪里？"

我说："彩云之南。"

杜杜说："彩云之南是哪里？太笼统了，太空泛了，太让人琢磨不定了。"

我吐了吐舌头，悄悄放下了电话。我不想告诉杜杜，也不能告诉杜杜，说彩云之南的确切之意就是云南，因为那是属于我和小路之间的秘密。

第 三 辑　**大爱**

大　爱

圣几内亚大学遭枪击，35名学生遇难身亡，许多人受重伤。但是他们都很庆幸，庆幸自己没像他们的学姐学弟一样去了另一个世界。

枪手是H国的留学生金蹈光。金蹈光本也是品学兼优的学生，可是他从小没了父亲，只有母亲一人带他，全部的经济来源靠母亲在餐厅唱歌的收入，这让他的心灵从小就乌云密布。

金蹈光也在圣几内亚大学读书，学的是比较文学专业。他杀人是预谋已久的，为买一杆小口径自动步枪，他已经有一年没有吃饱饭了。终于他凑够了买枪的钱，也终于选定了在这天午后同学们上第一节课时动手。

35名学生中，安娜和弟弟安凡是最不幸的一对。安娜的家刚搬到这个城市，选择这所学校是因为她喜欢海。本来安凡是想去另一所学校，可安娜非拉着他和她一个学校。

按说在一个学校也不一定在一个班，安凡比安娜小两岁，可是安凡学习好，上小学时就把初中课程学完了，上高中时大学课程也学了一半，和安娜一个班是因为他想帮安娜补习外语，安娜的外语成绩总是不容乐观。

现在他们一起快快乐乐走入校园。

枪手是在他们俩身后赶上来的，这时安娜和弟弟正进入走廊拉开教室的门。安娜甚至还回头看了一眼金蹈光，觉得他穿着黑色风衣很漂亮，颀高的个子戴着墨镜风度不同寻常。但是她唯独没有去看他袖筒里的枪，因为时间太短了，也就是她拉开门让弟弟进去的工夫，不然凭安娜的性格准会高声和他打招呼："嗨，晚上一起吃饭好吗？"

安娜的话没有喊出，却第一个死在了金蹈光的枪下。金蹈光尾随着姐弟俩进入班级，第一个目标就选中了安娜，因为站着的安娜比坐着的同学们高出一块，他不想有人挡住他的视线。

安凡早就觉得背后的人有点儿可疑，若不是姐姐为他拉开门，等他进来，他会把那个人判别仔细。安凡坐的是第一排，他都坐下了，姐姐还在找座位，姐姐自然成了枪手最恰当的靶心。安娜倒下后，安凡扑向姐姐，结果他也没逃得了死亡的厄运，他和班里的其他同学一样，在子弹的作用下，将鲜血喷洒得又远又高。

3分钟后，枪手掉头去了别的班级，这里已是一片血海，尸体如同海上沉船。

这么多孩子顷刻间没了生命，最悲痛的是他们的父母，虽然杀手饮弹自尽，但也不能免除他们撕心裂肺的疼痛。

安娜和安凡的爸爸妈妈在家里哭了两天两夜，到第三天他们不得不从悲伤中抬起头，为两个孩子做了寄予他们无限深情的花环。安娜喜欢海，他们就把花环做成了海的颜色；安凡喜欢飞机，他们给他做了两架翱翔的飞机。因为明天他们就要把这一对心爱的儿女送到大学生公墓了，这是他们最后一次对儿女尽爱意，他们咬破自己的手指，写上他们哀悼的话，他们没法不让自己的想念和悲思进入花环的每一个纹理和枝叶。

第二天早6点钟，悼念仪式在城郊大学生墓园举行，安娜和安凡的父母和众多家长们还有全校的师生共同来到墓园。悼念活动分5个部分：公祭仪式，送行骨函，骨灰安放，石碑揭幕和祭奠献花。

金蹈光的骨灰也由公墓管理人员安放在其中的一个墓穴里。

献花时，安娜的妈妈哭昏了好几次。她没法把为安娜做的蓝色海洋花环亲手送到女儿面前，是安娜的爸爸代她做了一切。

安凡的飞机她非要自己摆放。安凡的墓和金蹈光的墓挨着，

面对世界 举杯

她迟疑了一下，把飞机一分两半，一架给了安凡，另一架送给了金蹈光。在场的人看到她这样的举动都深深地吃了一惊，连安凡的爸爸也吃了一惊。

安凡的妈妈泪水涟涟，泪水间隔时她说了以下的话。

安凡的妈妈对安凡说："孩子，让你陪着你的姐姐走完你年轻的路，是妈妈爸爸的错，我们对不过你，本来你可以大有作为，成为栋梁之材，现在却走向了我们不愿看到的路。那条路凄冷寒苦，你要时时照顾自己，有可能的情况下别忘记成就自己也成就别人。对金蹈光别憎恶太深，他也不容易，他平时得到的关爱和安慰太少，没有父亲疼他。到了那里，你们尽量去做朋友，尽量用你的宽容包容他，尽量把你的爱分给他。"

安凡的妈妈对儿子说完这些，又走到金蹈光墓前。她望着金蹈光的像，目光里露出慈祥，她说："孩子，看你的样子很善良，我知道你这么做可能很无奈，你换回了暂时的心理平衡却留下了永久的不安宁。我想象你做完这些会很后悔，那么多生命没绽放就凋零。其实爱要一点点走近，你离爱太远了，怎么能一下就拥有爱，要有过程。你明白这些后，到了那里要改变自己，我们会对你像安娜和安凡一样对待。"

安凡的妈妈说完这些，金蹈光的墓前旋起一股凉风，凉风拔地而起，惊飞了几只觅食的小鸟，它们匆忙地抢了几颗米粒，羞涩地飞向了天空。

两根电线杆

沿着江边往上游走,一直走到大顶子山,水面浩然辽阔,没有尸体。

马栋说:"我们回去吧,看来他没在这儿。"荆渺不干,虽然他已经筋疲力尽。荆渺说:"不行,一定要找到金训华,不然我一生不得安宁。"

马栋说:"可这也不怨你呀,要怨就怨当地老百姓,是他们让他抢救电线杆。那电线杆就是让水冲走了,能值多少钱呀,能比人的命值钱吗?"

荆渺不说话,沙滩上的碎石硌痛了他的脚,他把它脱下来,往一块大石头上磕。他边磕边说:"电线杆也是命,老百姓的命。"马栋听他这么一说,愣了,捡起一个石子狠命往远处的水面抛去。

马栋预感荆渺完了,荆渺的魂肯定和金训华一起死了。当初他和荆渺一起来双河,在火车上,马栋就觉得荆渺的眼睛围着金训华转,那会儿的荆渺,心理承受能力弱到了极点,再加一个草棍儿他都能崩溃。

而金训华,才比他大一岁,却是乐观积极。他一会儿帮乘务员拖地,一会儿帮伙伴们倒水,一会儿给大家讲解旅行常识。从上海跨越6000里,到黑龙江北垂,漫长而寂寞,这中间的跨度,让金训华的快乐减少了一半。

黑龙江的双河,是个破陋的村庄,房屋低矮,泥土草墙,四野空旷苍茫。在上海长大的荆渺,看到这凋败的景象,一下车,就蹲在地上哭了。

这哭是绝望,谁都知道。但金训华没有挑破这些,他是领队的,他的队伍不能溃败。他像父亲一样,把荆渺从地上拉起来,

第三辑 大爱

面对世界举杯

让他扒在自己的肩头，足足有10分钟，他轻轻地拍着荆渺的背部，安抚着他受惊的灵魂，他们谁都没有提前结束这拥抱。

后来荆渺告诉马栋，那一刻他崩溃了。他觉得他的魂飘出了体外，恐怖地在他的头顶旋呀旋，不肯离去。是金训华，像捋一根丝线一样，把它一点点地又送回了他的体内。

一个月以后，荆渺和马栋在食堂里做饭时，荆渺对马栋说了这样的话。荆渺的眼神里，有把自己的生命交付给金训华的愿望。

交付给金训华不是没有机会，金训华已安排荆渺去食堂做饭。

食堂里最累的活是挑水。每天洗菜做饭要用两大缸水，都要到村中央的井里去担。全村就一口井，知青点又在村西。荆渺单薄的体格去做这样的事，是很费劲的。他正愁苦难当，金训华来了，他是帮荆渺担水来的，金训华把荆渺最棘手的事做了。

为了感谢金训华，荆渺在吃饭上照顾金训华：土豆白菜汤，他会给金训华多盛些干的；馒头他会给金训华拣大的；锅贴他会给金训华选没煳的。金训华对这些是体会在心的，他也没有指出荆渺不该这样做，只是吃饭的时候，他会把多出的这部分，拨给那些没吃饱的战友，这样一来，金训华吃的份饭，就比原来正常的还少了。

荆渺和马栋都把这看在眼里，荆渺说："我做了蠢事了。"马栋说："是金训华太蠢了，他这么做分明是有利可图，为自己的名利地位。"荆渺说："他不这么做行吗？他不这么做，我那天就疯了。他不这么做，全青年点的人都会自私自利。"

从此以后，荆渺再也不给金训华多盛饭了，他看到金训华也不再为别人拨饭了。

这年夏天水大极了，水没来之前就满天的蝴蝶和蜻蜓。

金训华说："山洪要来了，准备抢险吧。"

这天金训华感冒并拉肚子，山洪可没管金训华感没感冒，拉没拉肚子，它说来就来了。它以迅雷不及掩耳之势，向知青们展开挑战。金训华带领大家拦洪修坝，3天人就瘦得不成样子。荆渺把一枚煮熟的鸡蛋给了金训华，他说："你吃了吧，这是王大妈给我的。今天我生日。"

荆渺特意把鸡蛋的来历说清，他怕不说清金训华不吃。而金训华也果然没吃，他把它给了张嫂的孩子。

这时有人来报，大水把堆在河沿上的150根电线杆泡了，已经有两根被冲走了。听到这话，金训华第一反应就是：保护电线杆。

金训华跳入了洪水，荆渺也跳了下去。但是水流太快了，以每秒七八米的流速过滤着河滩，他俩在水里拼挣着，旋涡一次次扑过来……

马栋说："你说金训华傻不傻，是命重要还是电线杆重要？"马栋望着已经驯服的江水问荆渺。荆渺愣愣地梗着脖子不回答，找不到金训华让他怒气冲冲。可是只一会儿，荆渺的大嘴巴就很冲地喷出一句话："命也不重要，电线杆也不重要。老百姓重要，革命利益重要。"

马栋凝重起来，他蹲在地上，望着江水，自言自语道："这革命利益到底是啥呢？让金训华没了性命。"10年以后，荆渺用实际行动回答了这个问题。他留在了白山黑水，为金训华默默守墓一辈子。这时的马栋他们，已然回到了繁华的大都市。

第三辑

大爱

车衣服

爸爸总睡懒觉，总让戴尔给看车衣服。戴尔刚上初中，时间很紧，如果不给爸爸看车衣服，他就能早到学校半小时。

车衣服是车子穿的衣服。爸爸怕他的帕萨特冷着，冬日里就在成衣铺给车子做了一件棉斗篷，车子披着斗篷，远看像一块怕冷的大灰石头。

爸爸跟戴尔说："等明年买到车库，你就不用看车衣服了，你尽可提前半小时上学。"又说，"你若能把车衣服放后备厢里锁上，你也可提前半小时上学。"

可是这两样戴尔哪个也做不到。爸爸说的明年，其实是个不等数，明年到底有没有卖车库的还不知道。而车衣服放在后备厢困难也太大，车衣服像4条双人被那么大，放进后备厢，怎么也扣不上盖子。

这让戴尔犯难了。

戴尔的难处被楼下开小卖店的老爷爷看见了，老爷爷就对戴尔说："你只管热车，车衣服我来替你照看。"戴尔喜出望外，把车子的发动机打开就上学去了。

这以后的日子戴尔很轻松，他能利用早去的半小时把自习题做了，还能为同学打两瓶热水放在教室。戴尔做这些时，觉得生活是快乐的。

可是问题还是出现了，这问题让戴尔顿时萎靡起来。车衣服丢了。是老爷爷为他看管半个月以后丢的，而且是夜里丢的。

戴尔早晨起来去热车，发现帕萨特早把衣服脱光了。戴尔问老爷爷，老爷爷正打点顾客，他说："不知道啊，我还以为你拿回去了呢。"戴尔说："我家在6楼，我拿不动呀。"老

爷爷说:"我早起就没见它呀。"

父亲一听车衣服丢了,破天荒起床了。父亲没有责备戴尔,只围着车子转了一圈,说:"兔子不吃窝边草啊。"然后就回屋去了。父亲把戴尔和老爷爷晾在了这里,他们俩都明白父亲是什么意思。戴尔很尴尬,老爷爷更尴尬。老爷爷对戴尔说:"我这是费力不讨好啊,没功劳连苦劳也没赚着。"

戴尔忙劝老爷爷:"我爸不是那意思,我爸是太心疼车衣服了。"老爷爷一脸的无辜。

旧的不去新的不来。美丽的帕萨特第二天就穿上新衣服了。这回是更厚实的色彩更纯的银灰色,帕萨特得意了,戴尔可就更辛苦了。这回父亲怕丢了,把底端用绳子链上了,而且把车就停在了小卖店门口。小卖店晚11点关门,早晨老早就营业,中间的几小时戴尔家还在楼上,估计也不会出太大的问题。

这天戴尔早起,依旧热车。刚来到车跟前,老爷爷从屋里走出来。老爷爷说:"我为你看了一夜的车衣服,不然它又丢了,昨晚已经有好几家丢的了。"戴尔不知怎么回答,是说谢谢,还是说不需要这么做,因为老爷爷的年岁早过了七十了。

老爷爷说:"人过留名雁过留声啊,我一世清白,不想让你们家的车衣服在我眼皮下丢了。"可是这与老爷爷有什么关系呢?戴尔垂下了头。

以后的几天里,车衣服安然无恙,戴尔知道是老爷爷在暗地里帮他的忙。

一晃戴尔已经有半个月没见老爷爷了。这天爸爸没烟吸了,戴尔去小卖店为爸爸买烟。意外地没见老爷爷,是老爷爷的女儿在卖货。戴尔买完了烟,没有走的意思。老爷爷的女儿就问他还需要什么。戴尔嗫嚅着说:"老爷爷怎么不在这儿了?"老爷爷的女儿说:"你有事?"戴尔说:"他总是为我们家看着车衣服,我们家的车少挨不少冻。"老爷爷的女儿看着眼前

第三辑 大爱

面对世界举杯

这个腼腆的少年，眼里有了一丝喜欢，她说："是你们家呀！我爸每晚都为一家看着车衣服，我以为是他老了说胡话呢。"

见戴尔在认真地等她回答老爷爷的去向，这才说："他病了，住院了。一有响动他就出去看，深更半夜的，什么人也受不了啊。"

戴尔的心震了一下，就像睡得好好的，猛然有人在他枕边敲铜盆一样。

再路过小卖店时，戴尔都要想起老爷爷，缺个笔和本什么的，戴尔都要去小卖店买，一是看老爷爷回没回来，二是他想为老爷爷家增添一点收入，可能买一支笔老爷爷才挣一毛钱，但那也是戴尔的心意呀。有时他明明没有什么可买的，也要搜寻家里是否缺油盐酱醋。戴尔的妈妈有一天发现，他们家的酱油，这瓶没用完呢，那瓶又来了，用也用不尽。

一个月以后，老爷爷出院了，但是再也没有精气神站柜台了。他就在后屋躺着，有时出来晒晒太阳。

这当儿，喜讯传来了，帕萨特有房子了，是一家车库出卖，父亲高价买了下来。

帕萨特有了家，戴尔再也不用看车衣服了，他自由了，可以上早自习了，也可为同学打开水了。但是戴尔的心里并没快活，总像揣着一件事。由于总是想，这天放学他走进小卖店，用爸爸给他的零用钱，买了一箱牛奶。付过钱后，他对老爷爷的女儿说："请把这个转交给老爷爷好吗？并告诉他，我们家的车衣服找到了，它根本就没有丢。"

猎犬黑豹

猎犬黑豹已经3天没有吃东西了，科考队员小吴守候在它身旁。南极的风太凛冽了，它们无情地撕破了小吴的睡袋，刮走了小吴为黑豹疗伤的药品和绷带，也把猎犬黑豹的缕缕绒毛掠向了天空。

黑豹是为救护小吴受伤的，那天他们一行七人从2号营地去3号营地，途中意外地遇上了冰壁滑落。冰体山呼海啸地来临时，只有小吴在一座雪坡上，他是去瞭望一处平坦避风的场所，为科考队小齐寻找一块迎接女红来临的地方。小齐是科考队唯一的女同志，曾经是红极一时的登山运动员，她退役后就一心投入了对南极的考察。

黑豹本是该跟小吴去的，它平时和小吴形影不离。但它迟疑了，它敏锐地感觉到了什么。科考队员们看到，黑豹在原地打转，就好像在找自己的尾巴。就在这时人们听到一声脆响，一道冰浪自天而降，黑豹像一只黑箭一样射向了小吴。

九死一生的小吴被黑豹救了，黑豹却脱落了两颗牙齿，折断了一条后腿。小吴告诉大家，冰浪把它掀倒那会儿，他落到了雪坡的另一头，如不是黑豹及时咬住他的衣服，并把自己的一条腿插在冰隙里，小吴必死无疑。

大家都震惊了，聪明的黑豹是依靠冰隙固定住自己，才使自己的力量能与冰浪抗衡。

黑豹为此付出了代价，伤口感染让它持续3天高烧不退。

科考队停止了前进，不是为黑豹的负伤，而是黑豹的壮举让他们发现了横亘在前方更大的敌人，那就是冰隙。

冰隙在南极是他们最大的天敌。冰隙有大有小，大的深则

面对世界举杯

1000多米，浅的也有几百米，它们像隐藏在冰面上的稻草，一般情况下不易察觉。而等人或车不甚掉下去时，它们就会像一张鳄鱼的嘴迅速合拢。黑豹救小吴遇到的是小冰隙，也是黑豹聪明，它扑在了雪地上，不然那冰隙的嘴对黑豹也一样不客气。

第四天早上，黑豹吃了一点儿食物，是小吴哭了它才吃的。小吴说："黑豹你吃一点儿吧，我要走了，不能陪你了，我们要去寻找陨石，你不吃东西哪来力气跟我们走啊。"

一直昏睡的黑豹在朦胧中睁开了眼睛，他听明白了小吴的话，就勉强吃下了小吴塞在他嘴里的饼干。黑豹吃了点儿东西仿佛有了一点儿力气，它深情地把头埋进了小吴的怀里。小吴感觉到它不像前几日那么热了，可是好些了的黑豹依旧有气无力。

小齐来叫小吴。小齐说："队长说了，一会儿就出发，队长说我们就是一寸一寸排除冰隙也要在明天早晨到达3号营地。"小吴一听忙问："那黑豹呢，黑豹这个样子怎么能走得动？"小齐说："队长就是让我告诉你，放弃黑豹。"

黑豹似乎听懂了小齐的话，它一下子从小吴的怀里抬起头来，它试着想站起来，可是它太虚弱了，几次它的腿都没听它的使唤。

小吴满腹怒气，他在打点行装，他无论如何也要把黑豹带上。

队伍集合了，一行七人整装待发。队长胜彼来到小吴面前，他拍拍小吴的背包，说："怎么着，把睡袋换成黑豹了，以后的日子你就睡黑豹吗？"队员们"哄"的一下笑了。小吴没笑，他嘟着嘴，说："反正我活着黑豹就得活着。"队长胜彼脸色一变，说："我以队长的名誉命令你，放下黑豹，保存体力，寻找陨石，准备出发！"

面对命令小吴没辙了。他从背上解下黑豹，像放孩子一样把黑豹放在了冰地上，又不放心，就把自己的一件红色羊绒衫给它铺上，然后留下了足够黑豹吃的食物。

队伍离开了，黑豹起初是想站起来跟着走的，可当它发现它的想法不能成功时，它流下了眼泪。小吴回头的当儿，黑豹的泪水刚好流过它细细的绒毛，像豆粒一样滚了下来。

小吴向黑豹奔去，30岁的大男人抱着一条狗失声痛哭，科考队员都停了下来，都在看着这对生死之交。队长胜彼没有催促小吴，这条硬汉子此时能做的就是给小吴和黑豹一点儿告别的时间。

这时包括胜彼在内，所有的队员都看到，和小吴像兄弟一样抱作一团的黑豹，似乎使出吃奶的力气，奇迹般地站了起来。队员们都松了口气，以为生死离别让这头猎犬产生了不同寻常的力量。

可是大大出乎队员们的意料——黑豹站起身后，看都没看他们一眼，就一蹦一蹦向相反的方向而去，它走得趔趔趄趄，却没有回头。

队长胜彼率先离开，队员们也跟着离开……

又一天的早晨来临了，南极出现了少有的好天气。就在队员们经过艰难险阻快到3号营地时，小齐突然高喊："你们看，黑豹！"队员们向着小齐手指的方向看去，看到3号营地的雪坡上，高高站立着赫然醒目的黑豹，它的嘴里衔着一抹红，耀眼的红色像火焰一般燃烧在南极洁白如玉的背景之上。

胜彼落泪了，队员们落泪了，只有小吴像傻了一般笑着。他说："黑豹，哥们儿，没忘了带着我的羊绒衫呢。"

第三辑

大爱

阿宠的春天

阿宠出生不到半年,就被送到煤井下,从此过上了暗淡无光的日子。

阿别很心疼阿宠,每天喂它草料时,都忘不了给它多兑些苞谷。阿别说:"阿宠呀,虽说你叫阿宠,可是没人真正宠你呀。你知道你到井下意味着啥吗?就是你到死都得待在这800米深处呀。"

阿宠像能听懂阿别的话,它抬头看了看阿宠,不吃了,把头别到了食槽的另一方,眼里含着泪。那根拴在它脖颈的绳子,被它拉得直直的,像个棍儿,支在它和食槽之间,再也弹不回来了。

阿别明白,阿宠是上火了。

上火的阿宠,任阿别再喂它什么都不会去吃了。

阿别知道了阿宠的脾气,从此不和阿宠说这样败兴的话了。他换了一种语气,像哄孩子一样对阿宠说:"阿宠呀,你多幸福呀,有我陪着你,哪里找这样的好事呀。我要能再活10年,到时我们一起走呵,走呵,就不再回来了。"

阿宠听了这话,果真不再耍脾气了,把它毛茸茸的头贴在阿别怀里,不住地拱动,还伸出舌头,去舔阿别苍老的胸脯。阿宠是一匹雪青马,白色重,青色少,像柔软的青白绸缎,均匀地披在它的身上。由于这一身好辨认的皮毛,它的命运注定在井下一生劳作。

但是这一天,阿宠瞎了。

终日不见阳光,阿宠的眼睛就什么也看不到了。阿别劝阿宠道:"你别当回事呵,有眼没眼对你一样,你只负责拉车,

我为你看路，我不会把你往坏道上领呀。"阿宠唯有这一次没听阿别的，它躁动起来，嘶鸣起来。阿别的话音刚落，阿宠一个跳跃挣脱了缰绳，沿着它熟悉的巷道，一路狂奔。

阿宠毛了！阿宠不听话了！阿宠为自己的眼瞎痛苦了！矿工们放下手里的活儿，嘻嘻哈哈去追，他们追了一个巷道又一个巷道，阿宠却仿佛和他们赛跑一样，在晕黄的灯光下灵便地时隐时现。其实阿宠的眼睛早在两个月前就模模糊糊了。

后面的人继续追着，呼啦啦几十号矿工，都是身强体壮，有井下工作经验的，可是任谁也追不上阿宠，到底是5分钟后，阿宠自己停了下来。阿宠刚停下，矿工们就傻了眼了，在他们刚才干活儿的地方，传来"轰隆"一声闷响，像海浪拍打礁石，直滚到他们脚下。

塌方了！

矿工们怔住了，愣愣地盯着战栗不已的阿宠，心哆嗦了。忽然有人大喊："阿宠呀，你如亲爹娘呵，家里还有老小呢，不然这会儿我们就成煤下鬼了！"这话是阿别喊出的，阿别老泪纵横，他的话，让巷道里顿时叹息四起。

连阿宠在内，50条生命保住了。但是连阿宠在内，50条生命也濒临死亡。没有粮食了，没有水了，阿宠也没草料了，更没有苞谷了。可是细心的阿别发现，巷道里有空气，因为他们并没感到窒息，却不知风从哪里来。

阿别吩咐矿工们找风源，有了风源就可能找到出口。

5个人开始行动了，阿别没让所有人一起行动，他想让大家保存体力，他们在井下还不知要呆多少天呢。有人往外打手机，但是信号不好。阿别就让所有人都把手机关了，节省电源，只留一部精良的随时与外面联络。子夜时分，一个叫阿炯的矿工终于和救援队伍联系上了。外面说，他们正在积极想办法，确定方位，让他们坚持住。这话就是说，活命还很渺茫。

第三辑

大爱

面对世界 举杯

大家在巷道里坐了下来，阿宠也趴下了，阿别像守护神一样守护着它。大家心里七上八下。找风源的人一出去就迷路了，到了晚上才摸回来。他们告诉阿别，这是一个老巷道，一时摸不清它通向哪里，如果当时阿宠把他们引向别处，一定会比这好找到出口。

阿别一听不高兴了，把头扭过去，不理说话的人，却把阿宠搂得更紧了。

夜晚来临，人们相继睡去，可是睡下不久，就都激灵醒来，醒来就再也睡不着了。一晃，两天过去，救援没有进展，希望像撕破的纸屑，一点点飘落。许多人饿晕了，支撑不住了，已经有人把目光一次次集聚在阿宠身上。阿别明白大家怎样想的，但是那是他拼老命也不会让他们做的。

人们理解阿别的心思，没人率先行动，这让阿别很是慰藉。可是到了第五天，人们实在熬不下去了，眼冒金花，奄奄一息。阿别与阿宠商量，他说："阿宠呀，眼睁睁看着这么多人死去吗？"阿宠没有回答，它也饿得虚脱了几次，没有力气回应主人的话了。

翌日清晨，饥饿如恶魔又一次降临。矿工们只剩下活命的欲望了。有一个人忍无可忍，手握尖刀爬到阿宠身旁，他面目狰狞，满眼贪光。可是他很快发现，不用他再费劲了，阿宠已为他准备好了丰盛的早餐。

在一个煤坑边，阿宠的一条腿搭在坑沿上，嘴巴上有黏黏的未干的血痕，显然是阿宠自己咬断了大动脉，血像个小喷泉似的，汩汩地流淌，热气正温温袅袅地向上盘旋。

那边，阿别的泪，把耳朵都灌满了。

回 家

珍珠是一头猪，猪们在开会。珍珠是组长，珍珠说："主人今天不在家，我们要把栅栏门哄翻，然后突围出去。"

亮蹄说："是呵，人类太不拿我们当回事了，不给我们自由，唯一给点儿好吃的，还是为了杀了我们。"

四眼说："最可恨的是他们还嫌我们长得不胖，给我们吃添加剂。我现在胖得都走不动路了，离死越来越近了。"

四眼的话音刚落，一群猪围了上来，积极响应珍珠的号召。小丽说："哪里只是胖啊，我现在瘦得见风都打晃了，胃里火烧火燎的。城里人喜欢吃瘦肉，主人专门给我吃了只长个儿不长膘的药，你们看我现在苗条的，就跟少女似的。"

大家向小丽看去，果然看到她骨骼高挑，比大家高出许多。这才想起每天进食的时候，小丽都到另一个栅栏里和十二崽一起吃。十二崽是小丽的孩子们，白花花的12个小猪崽，平时大家还以为这是小丽生产后特殊的待遇呢，现在看显然不是。

珍珠说："所以我们得逃。主人又去城里给我们买添加剂去了，吃了它，我们要多丑有多丑，要命的是我们只有4个月的活头了，4个月后添加剂会使我们鼓成气球。我们要趁他没回来，把属于我们自己的世界夺回来。"

"对！"亮蹄第一个向栅栏门冲去，他想把栅栏门撞碎，却让一根铁钉刺破了嘴唇。四眼说："你真傻呀，你难道不知门这东西比什么都坚固吗？人类用它关我们祖祖辈辈，有谁冲破得了这道门？"

四眼的话让大家静下来，每头猪都在想着对策。可是对策哪是一时想出来了的。多少年了，猪都是由人摆布，人是猪的

第三辑 大爱

上帝，他们从养猪起就没想过让猪好。猪们想到这儿，一个个垂下头去。小丽自生产后身体一直不好，就躺下来等候大家的主意。十二崽们在一边玩，他们还什么都不懂，铆足了劲在打闹。

珍珠说："我们一起吼。主人家的小主人在家，我们一吼她就学不了习了，她就会为我们开门。"小丽一骨碌爬起来，说："不能影响小主人，她很善良，常喂我的十二崽饼干，她交不上作业会急死的。"亮蹄瞪了她一眼，说："就你事多，不吼，我们还有别的办法吗？难道就等死吗？"大家一起怒视小丽，小丽就不知怎么回答了。她也不想等死，她想把她的十二崽养大，哪怕有一个能冲出栅栏，回到山林，她的愿望就实现了。

小丽是多么怀念山林啊，她的爸爸是头野猪。

珍珠看大家想不出办法，就目测一下栅栏和远处树林的距离，说："亮蹄，你平时跳高不错，你试着跳出去，到森林找小丽的爸爸，请他来援救我们。"亮蹄听了珍珠的话，想了想说："办法倒可以，可是这栅栏也太高了，我跳不过去，掉下来会摔死的。"

四眼说："摔死也是为国捐躯呀。你不过是比我们早死几个月，我们这样的生命，哪有活到寿终正寝的。"

亮蹄生气了，瞪了四眼一眼，看着他胖得走不动路的体态，掉过头去。四眼不吭声了，他在打一节土墙的主意，这土墙是他平时擦痒痒的地方，有一块已经被他弄得松动了。四眼现在就想从这松动的土墙打开缺口。

大家猜透了四眼的心思，都过来帮忙。但是他们很快发现，弄倒土墙也不是件容易的事，土墙外面是黄泥，里面是砖和水泥，还有钢筋，他们发现纵使再有本事，也是颠覆不了这现代化的东西。

小丽叹气，说："这要是我爸，一身本领，不会被这点儿小事难住的。他整天在森林里奔跑，老虎都没怕过，多深的土地他的大长嘴都不在话下,他会在地底下打洞把我们都接出去。"

小丽说出这话,"扑棱"一下坐起身,她让自己的歪打正着吓了一跳。这是一个好主意呀!直到大家欢呼起来,小丽才红了脸,为自己骄傲。她说:"这是我爸爸在帮咱们呢。"

夜晚到了,小主人隔着墙给他们往食槽里添食,隔老远就闻到一股让他们厌烦的添加剂的味道。但是他们还是努力地吃,把自己吃饱好有力气。

夜晚安静下来了,他们的行动悄悄地开始了。由珍珠选好了一个便于出行的方位,打洞开始了。亮蹄率先拱开地皮,他的力气很猛,一上场就旗开得胜。但是问题还是出现了,正在大家干劲冲天时,他们听到了马达声,是主人开着四轮子车回来了,车上还有几个人。于是由珍珠带领,他们一起横七竖八躺在坑里,屏气凝神,想瞒天过海。

一行人下车直奔正房,有人用手电向他们这里照。主人说:"不忙,咱先喝酒打牌,天亮再动手,要几头,任你们!"珍珠听了这话一哆嗦,他顿时明白他们的大限来临了。主人进屋后,珍珠含泪指挥大家,为节省时间,缩小出口。猪们一起行动起来。天蒙蒙亮时出口打通了,珍珠和亮蹄还有四眼一起把小丽和孩子们送了出去,望着他们潜入森林,然后用他们肥胖的身躯将出口堵牢,不论谁看,这里都像什么也没发生过。

第三辑

大爱

面对世界 举杯

 胜　利

土拨鼠在站岗，有人要侵略他的家园。他的家在地下3米之处，有两个出口，里面有绵软的草絮供他们休息。但是这一切都无用了，因为已经有四五家土拨鼠的家被洗劫一空。

土拨鼠又名旱獭，他的皮毛很珍贵，能为人类换大钱，他的油能让马笼头和马缰绳坚固如钢铁。这些好处土拨鼠们自己也知道。因此土拨鼠的妈妈让土拨鼠无论如何要守住自己的家园。

土拨鼠站岗已经3天了，3天他目睹了不少同类进入了那队人马的皮囊。他们死得都很惨，有的才出生就被连窝端了。土拨鼠躲在一块岩石的草窠里把这一切看得很真切，看得自己毛骨悚然，但是为了家，为了家族长久的延续，他就是付出生命也不在乎。

又有一支队伍过来了，他们牵着马，扛着长杆，长杆上面有缝制的空空的丝织袋，那是用来捕捉土拨鼠用的。他们把这袋子罩在洞口，只要土拨鼠出来，就无一漏网。

土拨鼠的妈妈告诉土拨鼠，出洞时，用力不要过猛，要用耳听，用心揣摩，用尾巴试探，把尾巴当成扫把扫洞壁。人类是心急的，见有动静他们就会有动作，有动作就会有声音。土拨鼠信了妈妈的，果然那天他巧妙地躲过了人类的劫持。

但是现在就得土拨鼠自己来应付这些了，土拨鼠的妈妈这几天正生产，为他生下3个小弟弟。土拨鼠十分想和小弟弟一起玩，可是他们太小了，而且土拨鼠也没时间，每晚守夜就让他筋疲力尽了。

土拨鼠站立的地方很隐蔽，是一块岩石，岩石四周有蒿草，土拨鼠只要精心瞭望就会看到那队人马的一举一动。那队人马

中有一个人最让土拨鼠痛恨,他的计谋很多,总是在别人放弃追杀时又想出一个主意,而且他的主意没有一个落空的,总能让那个丝织袋里盛满土拨鼠的同类。

这个人30岁左右,是人类的壮年时期,对付土拨鼠,他既有经验又耐得住性子。他先把土拨鼠家的另一个洞口堵住,然后守住这一个洞口,又不是只守不攻,他会把一挂人类用来庆贺节日的鞭炮,拴在一个事先逮住的小土拨鼠的尾巴上,然后燃着爆竹,放开它。小土拨鼠受了惊吓,就会直奔洞里找妈妈,那么家里有多少土拨鼠都会在呛眼的烟雾下窜出洞口,一个家族就这样毁灭了。

土拨鼠看到这儿哭了,他浑身颤抖着,他不知他的家族会不会也是同等的命运。那伙人满载而归。土拨鼠回到家里把这事对妈妈说了,他当然也说了自己的惧怕和担心。

土拨鼠的妈妈身体很虚弱,奶水不太多,已经有两个小弟弟饿死了。妈妈听土拨鼠把这些叙述完,撑起身子对他说:"人类在自讨苦吃。没了我们,狼就不来了,没有了狼,兽类就不会那样矫健了。当一切都灭绝,土地就风化了,风沙会把城市吞没。"

"会吞噬那个可恶的青年吗?"土拨鼠问妈妈。"会的,一切的一切。"妈妈回答。"那我们怎么办呢?"妈妈喘口气说:"我们能做的就是保住生命,让生命延续,保持生态平衡。当然这是很难做到的事情。"

土拨鼠明白了妈妈的话,他又去站岗了。但是这一次他有些心事重重,也就是从这一刻开始,他知道思考了,一下子长大了许多。

这一天清晨,阳光很柔和,四周青草葳蕤一片祥和,是个让土拨鼠忘记灾难的美好时刻。就是在这样的时刻,那伙人又来了,这回他们的队伍中没了那个壮年,多了一些相当于土拨

面对世界举杯

鼠这个年龄段的少年，这让土拨鼠多少产生一点儿亲切感，有一点儿遇到朋友的感觉。

土拨鼠看到，那伙人在寻找诱饵。可是他们绕来绕去也没找到，更多的土拨鼠都躲在洞里不出来。他们就只有采取灌水的方法。灌水当然不如放爆竹了，土拨鼠躲在岩石后面忍不住笑出了声。

忽然他看到一只瘦弱的小土拨鼠拱出洞口，这让土拨鼠大吃一惊，他知道如果这个小土拨鼠也被尾巴上拴上爆竹，那他的整个家族瞬间就会遭遇灭顶之灾。

土拨鼠按捺不住了，他必须在这一刻力挽狂澜。如果可能，他想和人类谈判，用自己的血肉之躯去换得和平也在所不辞。

就在那几个少年往小土拨鼠的尾巴上拴长长一串红色爆竹时，土拨鼠像箭一样窜了出去。他直奔那双绑爆竹的手，用他好看的两颗小门牙死死地将它咬住。少年松开了小土拨鼠，小土拨鼠连滚带爬地回到洞中。

但是土拨鼠无疑被捉了，尾巴上拴爆竹的事也不能幸免了。

土拨鼠没有反抗，他很驯服，爆竹像风筝的尾巴一样牢牢地固定在他的尾巴上。这时候土拨鼠抬头看了看天，他很希望这时的天空真出现一只风筝，他好和它媲美一下，看谁飞得更高。

爆竹点燃了，一阵震耳的鸣响如同打雷。土拨鼠没有跑，更没有回洞，他镇定了自己，任那爆竹一点点接近自己的身体，然后奋力一跃，跳上了那些惊慌失措的人们高高的肩头。

烛 光

蟒蛇壮壮贪玩，去叼一只鼠夹。森林里到处都是可玩的地方，但壮壮偏偏对鼠夹感兴趣。鼠夹上有一只活蚯蚓，它的力量不足以撼动鼠夹。壮壮没能识破鼠夹，结果嘴巴左侧的下颌骨，被能把老鼠夹成肉酱的铁夹夹碎了。

颌骨一碎，壮壮的情况就惨了。他不能进食，不能捕猎，只能卧在草窠中养伤。如果坏的地方是皮肉，壮壮的办法还管用，可是坏的是颌骨，壮壮这么做就有点儿自欺欺人了。

此时正是草木萌发的初夏，冬眠期刚刚结束，壮壮肚子里储存的食物早已消失殆尽，新食物没入口多少，贪玩就把它推入了绝境。伤口对壮壮没客气，两天后开始感染，脓水把壮壮的小脸涂抹得不成样子，肿胀也让他的头颅变得比妈妈的还大。

壮壮的妈妈早已不和壮壮一起生活了。不是妈妈有意离开他，是壮壮自己不愿和她一起生活了。有一次壮壮的妈妈带壮壮去山脚下一户人家，想在他们的谷仓里产蛋，却错把那家的小男孩缠死了。小男孩是给他们送兔肉去的，壮壮的妈妈以为是去残害他们，将小男孩逼到屋中的柱子上，紧紧地缠绕着小男孩密不透风。其时壮壮明白，那小男孩没有恶意，他只不过和他一样是个贪玩的孩子。

蟒蛇壮壮卧在草丛里第五天，他开始发烧了。他身上的花纹眼见着就暗了下去，眼睛也无神了，壮壮知道自己离死亡的日子不远了。既然是死，壮壮决定去实现一桩夙愿。壮壮听妈妈说过，人类为什么喜欢弄死他们，是因为他们的身上到处是宝。他们的肉能让人类强壮筋骨、延年益寿，他们的头、眼、皮、能为人类治疗风痹麻木、关节疼痛，他们的胆能为人类祛风清热、

第三辑 大爱

面对世界举杯

化痰明目。有这么多好处，壮壮想无论如何要让自己派上用场。

壮壮最先想到的还是山脚下的那户人家，他要让自己成为那户人家的宝贝，为他们家换回大量的钱，让他们再养一个可爱的小孩子。原来那个小孩子被妈妈弄死了，他们一家人哭着把他埋在了山坡上，埋的那天壮壮和妈妈藏在草丛中，把一切看得清清楚楚，之后，壮壮就和妈妈分手了。

壮壮不能原谅妈妈。

壮壮使出全身的力量爬到了那户人家的院子里。院子里有一棵枣树，本来壮壮决定等枣熟时，他过来帮着打枣。以往都是那个小孩子打枣，他拿着一根长棍，在枣树上敲来敲去。现在那小孩子不能打枣了，壮壮就想代替他做这个工作。壮壮打枣有经验，它会爬上枝头，甩动尾巴，将成熟的果子一一打下来。

壮壮来到老伯的院子时，屋子里正在吵架，是老伯和他的儿子。

老伯说："你不能那么做，你会害了壮壮。"

儿子说："他害死了我儿子，我让他偿命有什么不行？"

老伯说："可壮壮是条好蟒蛇呀，你没见他每年为我撵野鸟吗？如果不是它，我们的粮食要少收回多少啊！"

老伯的话，让壮壮想起，每年他家的种子入土后，他便守在地里，驱赶啄吃种子的野鸟。有一种鸟让壮壮最不放心，它们总是偷吃地底下的种子。壮壮看护着种子，一直到种子长出小苗，一直到小苗丰收再成为种子。

壮壮把自己紧紧蜷起来，他防止野狼来把自己掠走，那老伯就什么也得不到了，那他想报恩就再也没有机会了。

屋里的声音忽然大了起来，像是什么器皿被摔碎的声音。接着一个人跑了出来，他由于焦急，没看清月光下蜷缩的壮壮，被壮壮小山似的身体绊了个跟头，一直滚到栅栏门。随着他恐惧的叫喊，壮壮知道这是老伯的儿子。

知道是不喜欢自己的人，壮壮还是打了个寒噤，他怕他会打死他。尽管明白自己活不久了，但壮壮也还是不想马上就死，也还是想见到老伯后再死。

壮壮害怕，老伯的儿子更害怕，他跑进屋，对着老伯喊："你去看，他又来了。"儿子的声音带着哭腔。老伯一阵惊愕，他问儿子："你是说你的鼠夹没有夹死他？"又说，"你要是没要了他的命，今后你做什么都行，你要出去打工我不再拦你。"

老伯一边说，一边端起桌上的蜡烛，跟跟跄跄地来到壮壮的身边。老伯用烛光把壮壮通体照了个遍，看壮壮已经奄奄一息。老伯什么都明白了，眼泪"刷"地一下就下来了，老伯说："你呀壮壮，你不该来呀，你这是来报恩啊。我知道小孙儿不是死在你手里，你哪来那么狠的心呀。不是你，你何必来顶罪呢？"

壮壮听了老伯的话，他动了动头，却无力举起，他一点儿力气也没有了。正是这一动，让老伯看到了他肿胀的下颌，和撕裂的皮肉。老伯一阵惊慌，忙向屋里喊："冤家，你出来，把急救包拿来！"

儿子出来了，他拿着父亲的急救包，那包里有老伯自己配制的祖传红伤药、剪刀和镊子，还有麻醉针。他知道，父亲要开始给这条蛇治伤了。

儿子为父亲秉烛，他战战兢兢，手一阵阵抖颤，几滴红泪摇了出来。

第三辑 大爱

面对世界举杯

重 任

母鸡织锦下软皮蛋，她找到公鸡赖皮。织锦说："你也太没能力了，怎么你踩的蛋都是软皮蛋？刚离开我的身体那蛋就碎了。别说主人，就是我也觉得脸上无光。"

公鸡赖皮此时正盯着一群花团锦簇的母鸡，没把她的话入耳，织锦对于他，早已是明日黄花。

织锦很生气，她后退几步，猛地跃起去啄赖皮的眼睛。赖皮一躲，织锦尖尖的嘴巴啄在他火红的鸡冠上。赖皮火了，吼："干什么？你个臭婆娘，不搬块豆饼照照，你怎么赶得上粗布。粗布虽然出生在贫困家庭，你看她出落得多水灵。"

织锦听了赖皮的话，脸涨红了，比她下蛋时还红。织锦"呸"了一口，道："我当初一点儿也不比粗布差，不是你，我怎会衰老得这么快？"赖皮不去理织锦，他一门心思地注意粗布的一举一动，伺机跳到粗布美丽的背上。

可是粗布身边有护花使者，是比赖皮漂亮100倍的九立。九立光彩照人，羽毛像孔雀一样鲜亮柔顺，个头也大，走起路来气宇轩昂，成天被一群母鸡众星捧月。如果他在，赖皮想接近哪一个都不成，只好委屈地和织锦一次次偷欢。

赖皮不理织锦，织锦就在一旁啄自己的软皮蛋，她一口接一口地啄，啄一下，扬一下嘴巴。赖皮看她吃很馋，走上前去，讨好织锦。他说："你缺钙了，哪天我领你去河边吃小虾米和小河蚌。"

织锦说："谁说我是缺钙，我是流产了，被主人家的大黄狗吓的。它扯住了我的翅膀，险些把我吃了。"主人家的大黄狗确实有扑鸡的习惯，它不但扑织锦，也扑赖皮和九立。

但是这一次赖皮和织锦都没说对，织锦不是缺钙，也不是流产，她得病了，得了一种叫禽流感的病。她的身体日益虚弱，最后连软皮蛋都不下了，连一粒米都不吃了。她蹲在柴垛旁，瑟缩地打抖。

赖皮看织锦这样，已经完全不理织锦了，他甚至当着织锦的面儿，嚣张地挑逗粗布。九立看不过眼，把赖皮堵到墙角狠命地教训他，到底把他的鸡冠啄出了血。然后九立来到织锦面前，说："我替你报仇了。"

九立的仗义织锦已无动于衷，但有更重要的话她要对九立说，待九立转身离开她时，织锦叫住了九立。织锦说："我得病了。"九立说："我知道你得病了，我才教训赖皮给你看。"织锦说："这个已经不重要了。"九立不懂，看着织锦发愣。织锦说："我得的这种病是特殊的病，它会传染，不但会传染给同类，还会传染给人类。"九立急道："那怎么办？"织锦说："我想出走，走得远远的。我想让你们健康，让人类健康。"

九立不吭声，无法吭声，他一下子敬佩起织锦，看不出这只其貌不扬的普通母鸡，会有这样的胸怀。织锦看九立沉默，又说："我有一事相托，我走后，如果你们中间谁得了这种病，你一定让他们也像我一样离开，否则这病传播开去，一村人都要遭殃。"九立点头。见九立答应了，织锦头也不回地出了院门。

可是半小时后，意外还是发生了。主人家外出买化妆品的小环回来了，她一进门就嚷："妈，咱家的织锦打蔫儿，趁早杀了吧。"小环一嚷，所有的鸡都看到，织锦的两只翅膀反绞着，被紧紧地攥在小环的手中。妈妈没在家，小环就亲自动手对付织锦。她把织锦的头背向脑后，院中放了一只清水碗，找来一把剪刀，挑开了织锦的喉咙。起初织锦还能大声喊九立，待一股血喷进碗里，织锦没了声音。血流尽后，织锦被扔在院中，赖皮吓得"咯咯"叫着蹿上了柴草垛，不顾命地飞出院外。

第三辑 大爱

面对世界 举杯

粗布也早已吓瘫了，她躲在了门板后面缩作一团，其他母鸡也一哄而散。

只有九立没动，他独守着织锦。他不相信，织锦就这么完了，不相信织锦的凤愿这么快就结束了。果然被扔到地上的织锦忽然奇迹般地站起来，她昂着头颅，滴着鲜血，在院中足足走了3圈。她的眼睛睁得很大，似在呼喊，她迈着碎步，像演员在台上踩着锣鼓点。急急地走完3圈，她跌倒了，之后就一动不动了。

晚炊的时候，织锦的肉香飘了出来。织锦被炖在锅里，色香味俱全，满满一盆鸡肉土豆块放在灶台上。主人家所有的人都回来了。看到炖了鸡，小环的哥哥掉头去隔壁的小卖店买酒。小环的弟弟和妈妈也高兴地洗脸，他们铲了一天的地，肚子早就饿了。

只有小环沉得住气，迟迟不把炖好的鸡端到桌上，而是放在灶台上晾着，自己则去院中的菜园薅小白菜和小葱。这样绿色的食品配上织锦的肉，肯定是一顿丰盛的晚餐。

小环走后，只有大黄在灶台前闻着香味不肯离去，但是大黄是有规矩的，主人家的饭菜大黄从来不动。也就是看到大黄在厨房，九立一下子来了主意。为了织锦，为了织锦的凤愿，也为了主人家的健康，九立飞身灶台，不容多想，也顾不得菜烫不烫，双脚有力地踏上盆沿，奋力一蹬，一盆菜跌落在地上，四处绽放。

第 **四** 辑　**生命的灯**

面对世界举杯

情灿如花

一到夏天，周奶奶家的菜园里就开满了花。有紫色的鸢尾花，黄色的金盏菊，粉色的胭脂豆，白色的步登高，琳琅满目，幽香四溢，啥时候把你的眼睛晃花，把你的心情醉倒，它们才会去迎接那些蝴蝶和蜜蜂。

早晨巷子里的大人们都上班后，周奶奶收拾完碗筷，会到园子里摘两朵粉嘟嘟的马蛇菜花戴在我头上，一边戴一边夸我："多漂亮的小丫头，长大了准能找个好女婿。"可是不管周奶奶对我说多少好话，只要她一转身，我就会把她戴在我头上的花摘下来扔了。有时怕她看见，我会一溜风跑回家，躲在门后，把它扔在我家的水缸底下。

我不喜欢这些花，我唯独喜欢周奶奶家菜园里的角瓜花。东院的二明常给我蝈蝈，绿色的蝈蝈待在秫秸扎成的蝈笼里，什么花都不吃，专吃角瓜花。

二明是我的小伙伴，常跟他爷爷去乡下，一去就是半个月，半个月以后二明回来，手里会拎着两个蝈蝈笼子，一个是给我的，另一个是留给他自己的。我的他会为我挂在我们家储煤的仓房檐上，他的则被他挂在他家背阴处的板樟子上。这两个地方都矮，因为高了我们够不到，那笼子里的蝈蝈非饿死不可。

蝈蝈虽然挂在两个院，可是它们就像挂在一个院。它们叫时一起叫，或者你叫完它叫，比赛着叫，叫的内容就像我一天见不到二明不行，二明一天见不到我也不行。

可是有一天，我的蝈蝈叫得不那么欢了，只有二明的蝈蝈叫得一阵比一阵紧，像是呼人给我的蝈蝈看病一样。我拎着蝈蝈笼去找二明，二明看后说："它不是病了，它是饿了，它没有角瓜花吃了。"我问二明哪里有，二明说："周奶奶家就有，可是周奶奶不会给你。"我说："为什么呀？周奶奶可喜欢我了，什么花都豁得出来。"二明晃着他的圆脑袋说："因为一个花是一个大角瓜，花给你了，角瓜没了。"

二明这些鬼话我不信，不就一个角瓜花吗，会少了一个大角瓜？

我转身去周奶奶家，周奶奶家的院子里养了一条大黄狗，大黄狗先向我吼，然后摇尾巴，这一摇就是同意我进他们家。但我还是不敢，我怕我走到一半时他再翻脸，大嘴一张还不把我吃了。我就用长棍子敲周奶奶家的晾衣绳，一边敲一边喊："周奶奶，我要角瓜花！周奶奶，我要角瓜花！"

周奶奶出来了，手里拿着一块长白糕。周奶奶说："小祖宗呀，你要什么花我都可以给你，就是这角瓜花不能给，我宁愿秋天给你一个胖角瓜，让你枕着睡觉，我也不现在给你一朵它的花。"周奶奶说着，把长白糕递向我。

长白糕哪有角瓜花好，我的蝈蝈又不吃长白糕。我生气地转身就跑，剩周奶奶一个人像大鹅一样，抻着脖子在院子里犯愣。

路过周奶奶家的菜园，看着满园子的花上落着无数的蝴蝶，就想，蝴蝶都能偷，我们为什么不能。

这天我和二明在周奶奶家的后菜园外转来转去。好不容易盼到周奶奶出去打酱油了，我们从板障子缝儿把手伸进去摘角瓜花，我们一下子摘了三大朵，三大朵够我的蝈蝈吃一周了。我的蝈蝈肚子大，嘴巴也大，它一口一口地吃着黄黄的角瓜花，像吃一张油汪汪的大饼。

可是一周以后，问题又来了，角瓜花没有了。这还不是最大的难题，最大的难题是从周奶奶家的板障子再也摘不到角瓜花了，花都长到里边去了，外边的3朵都让我们摘完了。

我和二明冥思苦想，想得头都疼，也没想出办法。倒是二

第四辑　生命的灯

面对世界 举杯

明上小学的哥哥大明聪明,他说:"从板障子跳进去,你们一个人喂狗,一个人摘花。"我们高兴极了,就等周奶奶什么时候去打酱油了。

周奶奶没有去打酱油,她去街道开会了,我们的机会来了。

我是女孩,又比二明小一岁,逗狗的事当然是我了,跳板障子就是二明了。我把家里妈妈准备中午吃的馒头拿出来,一个一个地抛给了周奶奶家的大黄,大黄乐得摇头摆尾,它只顾吃了,把看家的事给忘了。

二明趁狗不备爬到板障子上,又一用力,跳了下去,摘了不下10朵角瓜花,从板障缝儿一股脑儿都塞给了我。我忙把它们送回家,怕的是周奶奶赶回来不让我们拿走。

谁知周奶奶家的板障进好进,出难出。二明使了好大的劲儿也没爬出来。首先是他爬不到板障子上来了,周奶奶家院子高,园内却低,二明个子矮,他想像在院外往园内爬那么省事是不可能了。而那边的大黄狗吃完了馒头,想起了看家,它在向我们低吼,把拴它的绳子扯得一紧一紧的,二明都吓出汗了。这时我一眼看到周奶奶菜园角落里有一个大花筐,指给二明看,二明忙把它搬过来,倒扣在板障下做垫脚,这才上来了。

可是往下跳时,还是出事了。

二明由于急,衣服被板障子牢实地扯住。二明想下来,板障子不让,想上去,又没有踏脚的地方,就像蜘蛛挂在蜘蛛网上一样,干蹬腿下不来,最后是周奶奶回来,把哭得鼻涕一把泪一把的二明从障子上抱下。再看二明,不但衣服被扯个口子,脊背也被刮出了血。

周奶奶一个劲儿后悔:"这扯不扯,这角瓜花再贵重能值几个钱,戳断脊背可是一辈子事,哪个大哪个小?"我们不知哪个大哪个小,我们忙回家喂我们的蝈蝈去了。

第二天我和妈妈在周奶奶家路过,看到周奶奶家的板障上

多了个小门。妈妈告诉我,那是周奶奶专为我们摘角瓜花准备的。我一看,可不,它太小了,小得刚够我和二明通得过。

面对世界举杯

我很早就树立了人类情感的大悲悯意识。一个作家拼到最后,拼的是文化和人格,大约最重要的还是源于这悲悯情怀中对人类的关照和终极关切。

2005年4月,我去四川绵阳参加笔会,那一次去了九寨沟、平武、江油,到了李白故居,还有报恩寺。3年以后四川发生地震,让我的灵魂深深地痛彻了很长一段时间,沿着这些记忆里的路,我悲楚了很久。那一次似乎也没有给我留下太美好的积攒和更让人心动的景色储存。不过倒是有一件事至今让我念念不忘,也令我垂情和感念。

那是到绵阳的第一天,讲座结束后我们去餐厅吃饭。餐厅里放了两张桌子,我选择了最里边的对着门的桌子。就在大家斟满了酒等领导说祝酒词,领导却迟迟没到的空隙,我忽然看到另一张桌子旁,一个十八九岁的小男孩正对着我微笑。我们遥遥相对,彼此对视。那是个清瘦而漂亮的小男孩,穿着洁白如云的T恤,双眸对着我闪烁着快乐的致意。我也微微颔首,微笑着回应了他的真诚。

而就是这一微不足道的笑意,却促使男孩发生了动作的改变。他把眼前装有橘汁的酒杯高高地举在眼前,使他的情意清楚而准确地表达出来。就是这一举杯的过程,我的心却深深地一沉,随即就像有人把我推入深不见底的海洋,顷刻间我泪如

面对世界举杯

泉涌，再也控制不住内心的震颤与喧嚣。

因为那一刻，我看到了小男孩没有手。他的胳膊只有肘部向上的部位，由于它掩藏在T恤短衫的下面，我当时一点儿也没发现破绽。当它猛然出现，用那半截的胳膊勉强地对接住酒杯，毫不羞赧地为我这素不相识的人艰难地呈献他最真挚的敬意时，我的灵魂深深地震撼了。

这场面来得太突然了，让人猝不及防。我的神经还未来得及梳理和躲闪，还未来得及保护和拖延，就那样毫无掩饰地面对了我们人类深深的苦难，用最柔软的部分去面对这个曾在大难中劫后余生的生命。

那一次我破天荒当着众人的面哭了个痛快，那一次我沉浸于悲切中无法再抬起头来，整整一顿饭都是泪水悄然不断，我身边的几位同仁都在为我默默夹菜，他们用最小心的呵护为我驱赶着来自内心的伤怆。

会餐结束了，笔会也很快结束了。自那以后我再也没见过这个和我儿子一般大的小男孩，也不知他在哪里。我隐隐担心的是他今后将怎么面对生活，他是否能平安跨越以后人生的各种障碍。但有一点我坚信，那就是不管怎样，不管他的道路经历多少暴风雨，他都会面带微笑从容镇定，都会像那一次一样，勇敢地无自卑地面对世界举杯。

我们人类无时无刻不在受着伤害。汶川后来地震了，绵阳和平武也都地震了，那么多无辜的生命，就此结束于一个美丽而阳光绚烂的午后。他们来不及回避，来不及逃脱，来不及呼喊，就被上苍夺取了手臂与生命。和小男孩比，他们结束得更加英勇和彻底，更加残忍和决绝，更加苦痛和暴戾。

一批人倒下了，一批人又站起来了，一批人匍匐了，一批人又前进了。这就是我们人类，是我们人类在舔舐伤口中悲壮地生生不息，是我们人类背负着重大使命后果决地前行，是我们人类在一次次集体的失声痛哭中重整和建设着破碎的心灵。

像风卷残云，所有的灾难都将过去，所有的幸福都将来临，所有的不幸和有幸都将齐头并进。人类若想站立起来，就必须学会在隐忍中驻足和思忆，在追逐中奋起和狂欢，在休整中孤寂和挥泪。用你悲悯的潜质和天资去心疼、拓展、浸染充满悬念的未知空间，以挽留和建设那无迹可寻的人间追问和用心良苦的悯人情怀，人类将在永远的呵护中循环往复地延续着永生。

生命的灯

作家的灵魂都是纤细的，但是像我这样纤细的好像也不太多。有时大家一起出去开会或旅行，临要分手时，我望着匆忙的同伴纷纷离去，心里会有很长时间觉得空落。有一次站在火车站前，望着大家各奔东西，竟一时忘记打车，我拎着沉重的旅行包到了公交站，到那里才发现还不到凌晨4点钟，公交司机可能还在睡觉呢，这才拦住出租车，找到了魂一样一路狂奔。

我刚到新单位时情形也是这样，也是觉得心情怅然若失，感觉就像挂在崖壁上被风吹荡，前不着村后不着店，看哪哪不习惯，看哪哪都和自己格格不入。

好在这会儿我遇上了木谷老师。

木谷老师是个平常的人，精通剪纸、挂钱，还有皮影收藏。我和木谷老师在一个办公室办公，且坐斜对桌。木谷老师人很好，老实、厚道、不乘人之危，满脑子艺术的憧憬和蓝图，和他聊天，除了展望就是互相切磋，没有半点排斥和挤兑。

面对世界 举杯

而更让人忍俊不禁的是，他年轻时曾练过气功，人们都称他为"宇宙地球人"。

有一天我和他开玩笑，我说："我得换换地方了，我得换到你身边去，都说你身上有气场，我去坐坐，没准儿会治百病呢。"

实际的原因是木谷老师懂《易经》，乾坎艮震巽离坤兑无所不知。进一步的理论是，东北是生门，东南是杜门，西北是开门，西南是死门。而我坐的地方恰恰是西南死门。如果换到他的右侧，我就变成了东北生门。生门主宁静、安稳、山岚、土石，土中物味，竹林田土，这无疑是吉利的。

但是他上方的房脊上有一个贯通南北的梁，凸凸的低于棚顶很大一块。俗话说，"坐在梁下压人"，看看梁又看看木谷老师，我说："我也不怕压了，有木谷老师您撑着，我坐在下面肯定无妨。"木谷老师也十分同意我和他比肩，这样磋商起问题比原来方便许多，于是我成了木谷老师最近距离的邻居。

木谷老师没到更高的学府深造过，但他内涵很深，他给我讲许多待人接物的道理，主要观点是物壮易老，青者易长，还有君子若水。他说青和熟本来相反，只要处在不成熟阶段，就预示着他在成长的过程中，从某种程度说，青就是希望。他给我举了青苞米的例子，他说："一旦橙黄的玉米成熟了，它的生命也就完结了，再想茁壮已是不可能的事了。"

有一次我们去丰江旅游，其间关山迢递，长林丰草，滔滔江水自上而下，而再往低处走，却是风平浪静，江深水阔，乱花迷眼。我和木谷老师坐在岸边，共同想起"高岸为谷，深谷为陵"那句话，于是木谷老师兴趣大增，给我讲起水的诸多美德。

他说，君子若水，水是君子，水的优点可是太深厚了。

可惜那天我没带笔，只能凭记忆，把木谷老师的观点叙述于此。

木谷老师说，水很博大，吸纳百川，湖海泉溪无所不包。

木谷老师说，水还谦虚，多高水平面的水都往低处流，从不炫耀，从不牢骚。

木谷老师说，水不居功，万物离不开水，水却从没计较自己的功劳。

木谷老师说，水又合和，你让它做什么它就做什么，你要改变它千年古道，它就随和地顺从。

木谷老师说，水还慎言，说得少做得多，润物细无声。

木谷老师说，水又善于承认，水中倒影，再美丽的东西，它都会毫不隐藏地把它按原貌再现。

木谷老师说，水还公平，不论地势高低，抢前或拖后，总是能不由自主地把自己平衡在一个点上。

木谷老师说，水会应变，从不贪恋，顺顺畅畅，遇到挡住它去路的高山绕过去，遇到吞噬它的泥潭将它填满，遇到驱赶它的河堤迂回着出去。

木谷老师说，水还很有内涵，深则无痕，浅则见底，浑水养鱼，水清无鱼。

木谷老师说，水还坚韧而彻底，滴水穿石，千年古话，谁都知道。

木谷老师说，水勇往直前，海水遇到礁石宁愿自己粉身碎骨，下一次出征依然如旧。

木谷老师又说，水还正义，能载舟也能覆舟，它愤怒时咆哮千里，温顺时像一条匍匐的龙。

木谷老师把水的厚重与承载说得淋漓尽致，目的只有一个，就是教我怎样做人，一段时间里，木谷老师成了我人生的导航人。

自那以后，我坐在宽敞明亮的办公室里，心如朗月，情致宁静，幽思淡远，篇章迭连。想想这些年的成长，无形中木谷

面对世界 举杯

老师做了我的中流砥柱,他为我的内心创造出一份奇迹,一方空间,一块绿洲,一泓明净的四海五湖。

现在,一辈子没有出过国的木谷老师出国探亲去了,这一走不知他要什么时候回来,这一走悬在我头顶那个凸凸的梁不知由谁来支撑,这一走那个东北方向的生门不知是否还能继续发挥效用。

不过,这于我于他都已经不重要了,因为我们的内心都深深地扎根了君子若水,因为我们的灵魂都经过了那看不见却又起死回生的重新铸造,因为大千世界芸芸众生在我们的眼中都成为必然的存在,反转着衡量与督促着我们前进的时速,掌控着我们的未来不偏离靶心。

我怀念木谷老师,实际是怀念那纯粹的、明净的、初始的天空。

心中的盛宴

16岁那年的冬天,我终于得到了一件黄军装。那是个全民崇拜军人的时代,最时髦的衣服就是军装。年轻的孩子们,不分男女,谁若有一件这样的衣服,会从街头舞到街尾,会满天放爆竹,会高兴得如同过年一样。

雪花纷然而至的时候,父亲乐颠颠地捧回了这件宝贝。交给我时,父亲很抱歉地说:"你应该穿3号的,可是没有了,只有这件2号的了。"我知道父亲是费了很大的劲才搞到的,不亚于平地弄到一块稀有的矿石。

母亲比我还欣喜,她把衣服的底边向里缝了一块,缝成我穿着整好的尺寸,又在衣领里逢上一块窄窄的白布,看着像一件簇新的白内衣露着"眼边儿",又亲手帮我穿上,打扮我出嫁似的把我推到镜前。当我看到镜子里全新的自己时,就感到那里面的人不是我,是全世界最漂亮的那个女孩。

　　这一夜我做了许多许多的梦,都是平时我求不来的梦:不是我成了中国人民解放军,就是我从战舰上走下来;不是我坐着航天飞机上了天,就是我漫步在满是鲜花的山冈上。我居然还梦到我们班那个谁也不理、只理我一个的漂亮小男生向我送花,送大朵大朵的红玫瑰,而我拼命向他挥舞着红纱巾,伴着他跑向远方。总之世界骤然间成了我的,而我成了世界上最骄傲的宠儿。

　　可是任谁都想不到,这样心爱的衣服第二天我并没舍得穿,而是把它小心翼翼板板正正地放入自己的衣柜,不放心又在柜门处上了一把谁也打不开的锁。我的心里只有一个想法,把它留到新年穿,留到最值得穿的日子再穿。那时候过年对于我们这样的孩子来说,是一个神圣的节日,是一条遥远道路的开始,是一条河流不息的源头,是一次起航时最精准的时间,充满了让我们敬畏的庄重与企盼。

　　母亲看到我如此珍惜,也乐得合不上嘴。但是她也时刻没忘记她的打算,我看出母亲的心思,警觉着她。果然在我战战兢兢等待她发落时,她一改往日和悦的面容和我摊牌,母亲用商量的口吻,尽量把话说得滴水不漏,但是里面充塞着毋庸置疑。她说:"过年了,你有新衣服了,准备给你做衣服的那6尺花布,我要派用场了。"我竖起了耳朵,一脸的舍不得。那花布也是我暗恋了许久的,黄军装固然好,可是花衣服也重要啊。母亲乘胜追击,说:"刚好我还愁没钱给你妹妹做衣服呢,她也要过年呀,过年也要有新衣服啊。"听说给妹妹,我马上像找到救命草,飞快地摆出理由:"她才3岁呀,用不了那么多布呀,单材料的。"母亲并没有气馁,依旧柔声细气:"西院你王阿

第四辑　生命的灯

面对世界举杯

姨生小孩，送过去3尺花布，表表我们的心意，你以前吃的糖豆包，还是你王阿姨给的呢。"

这下我无话可说了，给王阿姨家的小毛头，阻挡了我千万个理由。王阿姨对我们家太好了，大事小情她都想在前头，单说报恩，也应该给她的。其实给妹妹我也不是不愿意，新衣服穿在她身上比我更有光彩，她会像蝴蝶一样飞向左邻右舍，告知每一个人，她有花衣服了。

6尺黄底带白色小花的花布，被母亲从中间一扯两半，像两面旗一样各自去履行自己的使命了。

就这样，新年到了，我们一家人都穿着新衣服听着广播里的新年钟声，爸爸逗趣地告诉我们，说这钟是周总理敲的，是敲给全国人民听的。于是我们懵里懵懂地幻化出周总理手持钟锤敲钟的样子，这形象一直被我们杜撰到懂事，定格成人生最初最灿烂的怀想和记忆。

新年的第二天，喜庆还没有过去，另一件事就接踵而来了。还是由妈妈做主，像上次一样和我柔声细气地谈判，妈妈这会儿换了一副面孔，表情里有讨好的神情，少了上次的强硬。妈妈说："张三奶奶的孙子要结婚，想借你的黄军装穿穿，就一天，你同意吗？"我立马瞪圆了眼睛，胸脯气得和青蛙似的，大声申辩："不同意！坚决不同意！"我不解气，进一步申明理由，说："哪有过年往出借衣服的，那是我的运气，新年多重要我的衣服就多重要，你不能把我一年的运气借出去！"妈妈也唯有这一次没有强迫我，她低下头做别的去了，像是什么事也没发生。

尽管这样，我还是信不过她，我知道妈妈是个不做成事不罢休的人。这一夜，我小心地提防着，我把衣服压在了枕头底下，似睡非睡，不断地醒来又睡去，为我的军装站了一夜的岗。直到天亮时听到张三奶奶家传来鼓乐声，我才放心大胆地跌进梦乡。

事后我才知道,张三奶奶的孙子到底还是穿着我的军装举行了婚礼,是妈妈趁我睡着的时候调了包,把一件和黄军装一样质地的衣服塞入我的枕下,而外面的鼓乐喧天是娶亲的前奏,正式的婚车是在我入睡后才姗姗到来的。

我醒后不知怎么和妈妈算这笔账。好在张三奶奶的孙子答应我,以后每到新年,他都会送我一件花衣服,一件让我满意的全世界最好看的花衣服,就像新年这个不断流动的喜庆而盛大的节日,日子在它就在,日子向前它一定向前。

需　要

世界像个万花筒,常常有一些事情出乎我们的意料。好的和不好的,令人感动和令人鄙夷的,就像战场上的子弹时时向我们袭来,我们猝不及防的时候,通常是被伤害。但也有令我们终生不忘的纯粹的感动,它陪伴我们终生,直至我们从这个世界永远消失。

有一次我出差,由于头晚熬夜第二天起来得晚些,睁眼一看离火车开动的时间只差半小时了。我赶忙洗脸漱口,又收拾一下行装,就急急火火打车上火车站。

火车站的人流永远是熙攘的,等我挨近售票口时,火车只差7分钟就要开了。我买了票,急速跑往检票口,接着又跑往天桥。事情就是在天桥一幕幕开始上演的,以它缓慢的节奏,卓尔不群的魅力,逼迫我放慢了脚步。

就在我的正前方,离我不远的地方,赶车的人像不住地向低坡滚动的石子,不断地穿行、涌动、消失,似乎只顷刻间,天桥这头

面对世界举杯

上来的人们就从天桥的那一头隐没，速度之快让人看不出数目。

然而，等大批人流消失后，宽宽的天桥上就剩下两个人，一位是一个挂着双拐的少年，另一位是一个中年男人。少年很柔弱，走路速度根本快不起来，看得出他在不断地做着努力，想使自己在几分钟内到达火车上。可是这对于他似乎太难了，如果他不慌乱，凭他的速度有可能赶上火车，但如果照着他此时的焦灼状态，那一定是欲速则不达。

我很为少年焦急，超过少年时不自觉地为少年捏着一把汗。然而就在这时奇迹发生了，那个走在少年身旁的男人很意外地放慢了脚步，他几乎是陪着少年走，他的脚步同少年同步，他对少年说："不要着急，赶趟，还有 3 分钟呢，只要沉住气，3 分钟定然赶到。"少年抬起头，他丢弃了慌乱，脸上露出镇定的笑意。他随着男人走，学着男人的样子，从容而坚实地一步一步挪动着脚步。

我焦急了，我劝诫自己加快速度，别信他那没有根据的鬼话，因为我根本就没看到他有查看时间的举动。结果没用 2 秒钟我就把他们甩得无影无踪。

等我到了火车上，火车离开动的时间还有 1 分钟。我从窗口望出去，见高高的天桥阶梯上平静地走下两个人——男人与少年。男人架着少年，像凯旋的战士同少年肩并着肩走向了车厢。

我不由得承认，他们胜利了，他们取得了心态上的胜利，他们赶上了马上就要开始飞奔的火车。赶上了这趟车，他们心中的任务就可以如期地完成了。赶不上这趟火车，他们生活中的许多机遇就永远地错过了他们。

我忽而感到，这很像我们的人生，其实有许多机会我们都可以接近成功，可是我们就是把握不住它的平衡度。我们总是把失败的可能估计成一个铁球，把成功的概率看成一个乒乓球。

我们失衡了，我们错估了事物的本真，我们取胜的信心恰恰就在这比例失衡中彻底地消失殆尽了。

而我们拿什么去做尺度呢？拿什么去做更改呢？拿什么去做根除以便免除我们日后的后悔与惋惜呢？我想明白了。原来我们急需的就是眼前的景象，就是男人对少年的相应的安抚与慰藉，相应的陪伴与同行，相应的经验传承与信心支撑。它不但稳定了我们焦渴的情绪，矫正了我们偏离的靶心，也激活了我们影绰难辨的希望，更坚固了我们勇往直前的勇气。

火车开动了，他们在车厢的过道分了手。少年向前，男人向后，他们各自去寻找自己的座号，他们萍水相逢，素不相识，再相见说不定是今生的哪一时候。

身边的拿破仑

政府办二楼有一个工作人员，个子很矮，50岁上下，和熟人见面总是老远就把右手一挥，很利落很果断地说声"你好"，让人感到亲切、谦和、乐观，而形象却不能不和拿破仑联系起来。

拿破仑一向以他的矮小、果绝、不畏惧同类著称，他也一样，他无论什么时候都把笑容挂在脸上。按说他的地位也不是很高，顶多就是个副科级，生活也不是很富裕，从他的穿着上看一切都昭然若揭，可是他就是那样乐观，从来没见他为什么事不快过或发愁过。

平日里上班在办公楼碰上他，都是他老远先打招呼，有时你有事不太注意他，他也一如既往和你挥起他的右手，他不在乎你的热情与否，也不在乎你的忙闲，弄得你不管怎样没心境与时间，也得忙里偷闲迎合他的问候。

面对世界举杯

心情好时看到他这样觉得很高兴，但有时也觉得滑稽。大家都很忙，大家又都很平民，很忙和很平民都标志打招呼比较奢侈，就是不打招呼也不会有人在意什么，但是这些他都不知道，他就墨守成规按部就班地打着招呼。

不过心情不好时他的亲切挥手和问好，则完全是另一番模样。这一天我由于身体不适，打不起精神，早晨起来身体中像有根筋被抽掉了，去上班时又逢落雪，雪下掩盖着不动声色的光滑滑的冰，就连人带包没好样儿地摔出老远，坐在地上不起来，实际是摔得迷迷糊糊。有很久一个声音传过来，说声"你好"，扯着我的胳膊把我拎了起来，定睛看去，不是别人，正是政府办那个见人就说"你好"的拿破仑。

他问我，怎么不起来？

我头晕眼花地回答，哪儿都疼。

他说，哪儿都疼也得起来，不起来就更疼，不起来就永远起不来了。

说完我们一起向前走，心里不免有些温暖，冰冷的世界有一句问候，有一把搀扶，感觉就极其特别，就觉得这世界并没有把你抛弃，这世界不管多冷漠，它到底也还是承认了你的存在。

走到岔路口，他去一家复印社，他总是忙一些杂七杂八的公事，而我则进了政府大院。

我们单位在八号楼一楼，小个子拿破仑在二楼，二楼的右侧是市长办公室，他在左侧是市长的随从，秘书之类的。但是从他的眼里，我从没看出他看市长的眼神和看百姓的眼神有什么两样，他总是把两者区分得不是很开，总是见熟人一挥手，乐观果断地说声"你好"，完成着自己对外界的热情洋溢，他不知他这一声问候融化了多少人此时的不快，也不知这一声问候消除了多少人彼时即将出现的情绪低潮。他就这样不知疲倦地做着，作为世间的一分子他快慰地完成着自己。

这一天我从办公楼出来，老远看见他从大门外进来，我的前面走着一个人，我没注意这个人是谁，等他把他的右手向那个人挥起来时，我才从背影看出那个人是市长。他和市长打过招呼，又走几步碰上我，也和刚才一样挥起右手说声"你好"，等我差不多和他擦肩而过，他好像忽然想起什么，停下来说：

"以后跌倒一定要自己起来！"

他很郑重其事，我也表示认真诚恳，因为这是他同别人打招呼时除了说"你好"之外，第一次驻足多加的一句话。

我认真收藏着他的话，收藏着一缕思想和情怀，它袅袅娜娜缠绵而不断，似高原隆升又班荆道故，我们的世界好久都没有这样的深层关怀了，这种潜藏在人们内心深处曾经闪亮的光点，早已在一个不经意的早晨或中午无限制地扩散了，它消失得那么彻底，走得悄无声息，它淹没在人海深处，成为我们追本溯源的标本，让我们永久地留恋与怀念。

我们希望我们的人类，不要过早地毁掉自己的老巢，它曾温暖过我们的身心，我们的羽毛，我们的情致，我们曾在它的怀抱里长大。

花皮球

我9岁的时候做了一件很出格儿的事，你别猜它是什么，一猜准想法很多。

丁老师是位男老师，男老师也有感情很丰富的，丁老师就是。他教我没多长时间，只短短的一年就给我们这群叽叽喳喳的孩子留下了深刻的印象。他个子很高，脸上有疙瘩，穿着深灰色的中山装，很年轻，却有白头发，低头趴在书桌上给我们讲题的时候，白头发

面对世界 举杯

更多，我们不敢看，一看就想摸一摸，那是很硬很硬的、比他的黑头发还硬的白头发。

丁老师教我们一年，和我们相处得很好，说话总是笑呵呵的，生气时也看不出怒气。我们也不惹他生气，只觉得和他在一起温暖，干什么像壮了胆儿似的。比如他领我们挖野菜，挖着挖着挖出一个虫子，不管这个虫子多可怕，只要丁老师在场，我们就可以用刀片把它一割两半，否则，那是借给我们一个胆儿也是不行的，我们会一跳老远，而且会全身出汗。

丁老师照顾我们，爱护我们，关心我们，我们待他像亲人一样，可是在一个酷暑即将过去、新学期开学的当儿，他来到班上宣布一条消息，说他从此不教我们了，要去远方看病。话从他口中一出，我们立即"哇"的一声哭起来，开始是不多的人，小声地哭，后来就是全班同学一起大声地哭。丁老师劝我们劝不住，索性不劝了，一件一件数着放在他讲桌里面的、平日我们拾到的各种各样的小东西。丁老师把这些东西都一一放在讲台上，然后声音很低地说，现在我把这些东西分给大家，这都是大家平日里交给我，我又没闲暇让你们认领的，你们现在认一认，看是谁的谁领回去吧。

丁老师开始一样一样地用手中的东西吸引我们的视线，他说，小刀，谁的小刀？于是我们向他手中的小刀望去，一把绿色的铅笔刀在丁老师手中来回地晃，晃了几个来回，一个叫于力力的小个子女同学说，老师，是我的。丁老师说，你拿回去吧。于力力就一边抹眼泪一边走到老师跟前，把它拿了回来。丁老师又拿出一支油笔，一支黄色的带有小猫头的油笔，丁老师的手又晃了几晃，刘梦君就把它领了回去。

领回东西的同学，回去之后立即就不哭了，小刀、油笔占去了他们的心思，这样循环了几个回合，丁老师讲桌上的物品几乎被别人领尽了。这时丁老师拿起一个很精美的皮球，绿色红色黄

色形成满球云朵的那种，一看就让人喜欢备至，真不知道是谁拾到这么好的东西，舍得交给老师。奇怪的是，丁老师问了几遍，竟没有一个同学去认，但是大家都眼巴巴地望着老师的手，这情景很让我动心，一种想得到它的心思让我立即抹去眼泪，敛心静气观察同学的动静，怦跳的心早被那个美丽的皮球击中了。就在丁老师想把它重新放回盒子里去的时候，我突然冒出一句，老师，那是我的。为了真实起见，我是边哭边说的，9岁的我那时在做戏，并且惟妙惟肖。

老师显然是犹豫了一下，但看到我满脸的泪痕，他相信了我，由于我的座位靠最里面，所以他把这个球亲自送到我的手里。

我得到了一个精美的皮球，却失去了一位老师。多少年后我当了作家、想把这一段故事写进小说、挖掘一个9岁孩子的心灵块垒时，却得知丁老师已不在人世，但是假如他还活着，对一件发生在30年前的事，肯定记忆犹新，他肯定掌握一个9岁孩子的心理与那个精美皮球的来历。

丁老师把那个皮球给我时，他的手抖了抖，抖过之后那只皮球就落到了我手里，也就在这一刹那，我想起了丁老师的女儿秋秋，秋秋来我们班玩儿时，也曾玩过这样一只皮球，那是和这一只一模一样的、满球红黄绿云朵的、招人喜爱的皮球。

第四辑 生命的灯

面对世界举杯

蓝色屋顶

到了5月,母亲又要去外面买小猪了。她一出去,家里就剩我和弟弟看家。林业局家属房是好房子,在我们生活的小城属上乘之作,院落很大,天棚地板。所说天棚就是用胶合板钉制的蓝色屋顶,而地板则是深褐色上好的松木。一幢房子里有3个门,房门,卧室门还有厨房门。门上有两只眼睛似的小窗子,我们虽够不到它,却常常为这些别人家没有的门而自豪。

上午的时候我和弟弟坐在南窗晒太阳,从早上9点一直到中午12点,这个时候我们是家里的卫士。下午的时候我们把南窗关紧,去北窗晒太阳,一心看管北窗并与北边的太阳为伴。

有时我和弟弟也会挤坐在窗台上看云,我梳着两根羊角辫,手托着下巴看天上一朵一朵的云变动不居,弟弟比我小3岁,他看云的神情没我专注,我告诉他那云里什么都有,有羊,有鸭,有小兔子,只要你专心,什么都可找得到。他这才细心起来,在云里翻找,可是找到了和找不到他都不会有太大的乐趣,如果他看到一群羊在云里你奔我突,他就会舔舔嘴唇说,姐,我饿。如果他在云里看到一匹马,他就说,姐,我想骑马去找妈妈,我饿。

我知道弟弟是真的饿了,可是我不会做饭,我错过了许多和妈妈学做饭的机会,而西屋王家的饭香已经飘了过来,我就鼓动弟弟向王奶奶要一碗。"有了王奶奶的饭菜,你就不会饿了。"我对弟弟说。弟弟小,不顾颜面,他果真隔着木板障,向王奶奶伸出了小手。弟弟说:"奶奶我饿了,妈妈不在家。"王奶奶听到他的喊声,就端出一碗干干的苞米碴土豆粥,上面插着一双筷子,递给弟弟。弟弟笑呵呵地捧回,放在我面前,说:"姐,我们俩吃。"

6岁和3岁面对饥饿饭量也是惊人的,一碗饭瞬间被我们俩洗

劫一空,吃完了我们还没饱,弟弟就带着满嘴的饭粒再次到木板障前,再次向王奶奶要。而这次王奶奶把饭盆端了出来,饭勺把铜饭盆刮得咚咚直响,刮出大半碗饭,然后迅速扫了我一眼,仅这一眼,我就明白王奶奶识破了她饭的去处,弟弟再端回饭时我不看,悄悄走回屋。许多年以后,我还记着王奶奶的眼神,长大了就从不吃别人家的饭菜,哪怕迫不得已到了饭时,朋友百般挽留,我都会死命坚守童年失却的阵地。

这样的日子持续了半个多月,小猪终于被妈妈买了回来。4只小黑猪油光锃亮,被妈妈一撒袋口,嗖嗖嗖射了出来。我们分别给它们起了名字,叫金钟、亮蹄、小坏坏和毛屁屁。毛屁屁的得名是因为弟弟给了它半根黄瓜,它吃完就开始嘟嘟地放屁,好像他身后拴了一串爆竹。

这以后妈妈出去的时候就少了,但每天天不亮她就会去菜市场拾菜帮,7点钟的时候我和弟弟还没起床,妈妈就背着一大麻袋白菜帮回来了,身后跟着大朵大朵的阳光,还有猪看到她夸张地喊叫。那些年爸爸总是下乡,一年中会有七八个月不在家,他自己管这叫"蹲点",而我们则认为是林业局有太多的树,需要他去照顾。爸爸一下乡,家里就是妈妈的我们的天下了。

金钟它们来的第二年秋天,都长成了大猪,毛屁屁长得最水灵漂亮,它的4个蹄子都是白色的,脑门上也有一点白。这当儿是我和弟弟一年中最快活的日子,4个大猪要卖很多钱,我们又可以吃上猪肉馅饺子了。但是卖得的钱实际上只剩两头猪的钱,那两头所得的钱会用来还买粉碴、豆碴、酒糟的外债,这些都是平日里妈妈从邻居那里借来的,每笔钱都记在账上,拉成一个长长的账单,卖了猪,账单就一寸一寸缩短,最后消失得一丝不剩。

第三头猪卖得的钱,会用来给全家人买衣服和鞋子,置办家里一年中吃的和用的。妈妈会给爸爸做二斤棉花重的大棉裤,买最厚实的大头鞋还有棉帽子棉手套,背到乡下的被子也要不断地填新棉

第四辑 生命的灯

面对世界 举杯

花，以免爸爸在遥远的乡下冻着，而等买完全家人一年四季吃的用的后，妈妈又该计算着卖第四头猪了。

第四头猪卖得的钱是雷打不动的，是留着明年春天买小猪用的，买4头小猪刚好用一头大猪的钱。这样我们家的4头猪就会告别了再来，再来再告别，只是大小、时间、颜色不一样。

卖毛屁屁时我和弟弟都舍不得了，我俩在我们家蓝色屋顶下为它举行了隆重的告别仪式，我们趁妈妈去找买主，打开房门，像请客人一样把毛屁屁请进屋，然后领着它从一间屋子走到另一间屋子，让它看墙上的画，看窗台上的灯盏菊，看别致的床铺，我们坚信它记住这些后，等他再变成小猪时，一定还会来我们家。

我把我的红纱巾给它系在脖子上，它哼哼着抬起头无比感激地注视着我。弟弟拿出他的糖块，放在手心喂给它，它一点儿也不急，绝不贪吃去咬弟弟的手，它都是用粉红色柔软的舌头把糖块舔回去，恭敬地咯嘣咯嘣地嚼，然后用温润的眼神期许着弟弟的下一块恩赐。

我们想起其他猪离开我们家的情景，顿时泪眼婆娑。弟弟问我，毛屁屁被抓走时，也会喊我们救命吗？我回答是的。弟弟又问，它也要四脚朝天，被绳子捆牢，中间插一根木棒吗？我回答是的。弟弟继续问，那我们救救它不行吗？弟弟不等我回答奔出去打开了院门，弟弟说，这样就能救毛屁屁了。

可是毛屁屁根本没有理解弟弟的意思，它依旧和我们黏在一起不走，我只有狠心抓起我们家烧柴用的火棍，照准它的背部猛敲两下，毛屁屁这才疼得一个高儿蹿到院外，我们追打它到很远。

毛屁屁走了，没有回来，它戴着我的红纱巾不知到哪儿美去了。

这个秋天妈妈一直在哭，而我和弟弟只有学会与秘密为伴。

你知不知道该对谁感恩

女人在怀孕期间想吃什么是具有排山倒海之势的。1983年冬际，漫天白雪飘舞的时候，我怀儿子恰好6个月。我腆着将军肚在大街小巷逛够了，回到家里往床上一躺，眼前出现了一个大红灯笼，就忽然想吃像灯笼一样的西红柿。

冬天里吃西红柿，在1983年东北一个不算发达的小县城也算是一件难事。那时人们没有冰箱，农民没有塑料大棚，小城镇也没有现在这样各种各样的水果摊儿。有的只是在几家国有的水果商店里摆着一般常见的耐腐烂的水果，那不过是一些苹果、鸭梨、大枣和成筐的冻梨、冻柿子，而那柿子却又不是我想吃的那种夏日里土地里生长的本土的柿子，是来自南方的那种又涩又不酸的甜柿子。一时间，吃西红柿成了我们家的当务之急。

母亲有绝活儿，她不像我丈夫那样把全城的水果商店跑遍了、虽没买到西红柿但精神可嘉，而是坐在那里像指挥官一样发号施令。母亲的想法很简单，那就是让我尽快吃上西红柿。她说，女人怀孕想吃什么吃不到，孩子生出来非红眼边儿不可，好好的一个孩子红眼边儿，是因为没吃上想吃的东西，那对他的父亲来说分明是耻辱。

母亲当时的态度实在具有煽动性，丈夫苦着脸听完丈母娘的话，他说："妈，干脆说吧，我能有什么办法让她尽快吃上西红柿？"

母亲的脸一扬，说："好办呀，上省城。省城什么好东西都有的卖，还愁西红柿？"

母亲的话让丈夫哭笑不得，丈夫说："那我们的西红柿就

第四辑 生命的灯

面对世界 举杯

成了金西红柿了。来回一趟要一天的工夫，要几十元的路费，再说如果没有呢？"

丈夫在权衡利弊，我则忍无可忍。我的欲望就像嗓子眼儿长出个小虫子，必须马上吃上西红柿，不吃我就满地乱转，就心急如焚，不吃就像有人掏了我的心肝肺。我说："金西红柿就金西红柿吧，只要吃上西红柿。"丈夫看着我恨不得把他当成西红柿的样儿，当即去了客运站。

从丈夫出屋的时间算起，他要坐上4个小时的车才能到达省城，从省城再坐4个小时的车返回，大约得晚上7点钟才能到家。这期间我无时无刻不如坐针毡，母亲把给孩子准备的大大小小的玩具拿出来给我看，我却只扫两眼就向母亲摆手，说："拿走拿走都拿走，我没心思。"

母亲明白这不是西红柿。

母亲就颠颠地猫着她的老腰跑向街口买来两串糖葫芦。

这两串糖葫芦被我狼吞虎咽地吃下去，虽解了燃眉之急，却让我更加渴望那红灯笼一样的西红柿，渴望丈夫能手捧着它回来。这时候连母亲都捏着一把汗，事后母亲对我说，她说真后悔出了那个主意，如果省城也没有西红柿呢，她疑心我会把她当成西红柿吃了。

丈夫终于拎着5枚通红通红的西红柿站在我面前，他说这5枚西红柿是他一个月的工资，让我吃吧吃吧敞开肚皮吃吧。

我可顾不得工资不工资，我抓过西红柿，连洗都没洗上去就开吃，剩下的被我贪婪地揽在怀里，都没有象征性地让让母亲和丈夫。我吃的形态更是令人目瞪口呆，我不是吃一个就了结，而俨然是在一举歼灭。

那一次真真是解了馋，一次吃了5枚偌大的西红柿，从此再也不馋它了，孩子出生时也果真没见到红眼边儿，这一说法到底是真是假到现在我还没想起去问问母亲。

孩子长到十几岁,我们的生活有了改变,冬日的小县城再不是昔日的寡淡。楼下菜市场里鲜红的西红柿摆得满街都是,路两旁的水果店数不胜数,除了各种各样叫不出名的水果,西红柿穿着大红袍成了明媒正娶的大路货,从冬日里的5元钱一斤开始吃,一直吃到夏天5毛钱一斤。我们家的饭桌上是顿顿少不了糖拌西红柿或木须西红柿,还有瓜拌皮里放西红柿。

偶尔有一天饭桌上闲谈,提起怀孕想吃西红柿那码事,丈夫说:"还是改革开放好,光说不行,现在如果怀孕,再也不用跑800里去买西红柿了。"

儿子这时正吃饭,他已经是个虎头虎脑的少年了,听到我们的话露出吃惊的神色,他说:"跑800里去买西红柿,你们是不是想上吉尼斯大全?"

我和丈夫对视着,不知从哪儿开始给他解释。生活改变了两代人的观念,却统一不了我们心中的情感。儿子这一代人接受不了过去,也就体会不了应有的感恩戴德,而我们和他共同的需求都短不了对生活无限的爱恋。

这是前提。既然有前提的统摄和统领,我们的回忆与现实总要接轨,我们的上一代与下一代总要在意识上得以衔接,诚然我们无需死守过去,却也不能忘记过去,那是我们曾经的道路,那是我们珍惜的风景,那是我们奋斗的巢穴,羽毛纷飞时,我们拾起自己,天空也帮我们见证了昔日的一切。

我和丈夫只有在心里做着准备,将来有一天或有适当的机会,我们会对儿子说:"儿子,你有福了,但你要知道该对谁感恩。"

于是西红柿成了另一种寓言故事。

第四辑 生命的灯